HaffmansTaschenBuch 58

PHILIP K. DICK

Erinnerungen en gros

Science-Fiction-Geschichten

*Aus dem Amerikanischen
von Thomas Mohr, Denis Scheck,
Frank N. Stein, Harry Rowohlt,
Karl A. Klewer, Michel Bodmer
und Thomas Bodmer*

HAFFMANS VERLAG

Die Geschichten in diesem Band
stammen alle aus der 1987 bei Underwood-Miller
erschienenen fünfbändigen Edition von
The Collected Stories of Philip K. Dick,
die deutsch ab Frühling 1992 in zehn Bänden
im Haffmans Verlag erscheinen wird.
Copyright © 1987 by The Estate of Philip K. Dick.
Aus Vol. III *The Father-Thing*: *Augen auf!*
Aus Vol. IV *The Days of Perky Pat*: *Orpheus mit Pferdefuß* und
Entdecker sind wir.
Aus Vol. V *The Little Black Box*: *Erinnerungen en gros*;
Der Ausgang führt hinein; *Der Tag, an dem Herrn Computer die Tassen
aus dem Schrank fielen*; *Der Fall Rautavaara* und *Die endgültig
allerletzte Geschichte*.
Nachweis der Erstveröffentlichungen am Schluß des Bandes.
Der Verlag dankt Paul Williams von der Philip K. Dick Society
und der Literary Agency Paul & Peter Fritz AG für die höchst
erfreuliche Zusammenarbeit.

Erstausgabe

Veröffentlicht als
HaffmansTaschenBuch 58, Frühling 1991
Konzeption und Gestaltung von
Urs Jakob
Umschlagbild von
Nikolaus Heidelbach
Auswahl und Lektorat: Thomas Bodmer

Alle deutschsprachigen Rechte vorbehalten
Copyright © 1991 by
Haffmans Verlag AG Zürich
Satz: Fosaco AG, Bichelsee
Herstellung: Ebner Ulm
ISBN 3 251 01058 1

1 2 3 4 5 6 – 96 95 94 93 92 91

Inhalt

Orpheus mit Pferdefuß 7

Augen auf! 30

Entdecker sind wir 35

Erinnerungen en gros 50

Der Ausgang führt hinein 84

Der Tag, an dem Herrn Computer
die Tassen aus dem Schrank fielen 113

Der Fall Rautavaara 125

Die endgültig allerletzte Geschichte . . . 140

Nach- und Hinweise 141
Editionsplan 143

Orpheus mit Pferdefuß

In den Büros der Wehrdienstberatung Concord schaute Jesse Slade aus dem Fenster auf die Straße hinab und sah, was ihm alles verwehrt war an Freiheit, Blumen und Gras sowie der Möglichkeit zu einem langen, unbeschwerten Gang zu neuen Stätten. Er seufzte.

»Tut mir leid, Sir«, murmelte der Kunde auf der anderen Seite seines Schreibtischs kleinlaut. »Ich glaube, ich langweile Sie.«

»Überhaupt nicht«, sagte Slade und entsann sich seiner lästigen Pflichten. »Mal sehen ...« Er ging die Papiere durch, die ihm der Kunde, ein Mr. Walter Grossbein, vorgelegt hatte. »Sie meinen also, Mr. Grossbein, Ihre beste Chance, sich dem Wehrdienst zu entziehen, liege in der Berufung auf ein chronisches Ohrenleiden, welches von Zivilärzten bisher für eine *akute Labyrinthitis* gehalten worden ist. Hmmm.« Slade studierte die diesbezüglichen Unterlagen.

Es war seine Aufgabe – und sie machte ihm keine Freude –, für Kunden der Firma herauszufinden, wie sie dem Wehrdienst entgehen konnten. Man hatte den Krieg gegen die Dinger in letzter Zeit nicht richtig geführt; aus der Region Proxima waren viele Verluste gemeldet worden – und mit den Meldungen war eine Flut von Aufträgen über die Wehrdienstberatung Concord hereingebrochen.

»Mr. Grossbein«, sagte Slade nachdenklich, »als Sie hier hereingekommen sind, ist mir aufgefallen, daß Sie etwas Schlagseite haben.«

»Ach ja?« fragte Mr. Grossbein verblüfft.

»Ja, und ich dachte mir: Der Mann da hat eine schwere Gleichgewichtsstörung. Das hängt nämlich mit dem Ohr zusammen, wissen Sie, Mr. Grossbein. Vom Gesichtspunkt der Evolution aus betrachtet, ist das Gehör eine Fortentwicklung des Gleichgewichtssinns. Es gibt niedere Wasserlebewesen, die ein Sandkorn in sich aufnehmen und es in ihrem Fließkörper als Lot benutzen, um so festzustellen, ob sie sich aufwärts oder abwärts bewegen.«

Mr. Grossbein sagte: »Ich glaube, ich verstehe.«

»Dann sagen Sie es«, sagte Jesse Slade.

»Ich – habe beim Gehen des öfteren etwas Schlagseite.«

»Und nachts?«

Mr. Grossbein runzelte die Stirn und sagte dann freudig: »Es, äh, ist mir nahezu unmöglich, mich nachts zu orientieren, im Dunkeln, wenn ich nichts sehen kann.«

»Schön«, sagte Jesse Slade und begann das Wehrdienstformular B-30 für den Kunden auszufüllen. »Ich glaube, das wird Ihnen eine Freistellung einbringen.«

Überglücklich sagte der Kunde: »Ich weiß gar nicht, wie ich Ihnen danken soll.«

Klar weißt du das, dachte Jesse Slade. Du kannst dich in Form von fünfzig Dollar bedanken. Immerhin wärst du ohne uns wahrscheinlich schon in absehbarer Zeit eine bleiche Leiche in irgendeinem Rinnstein auf einem fernen Planeten.

Und während er über ferne Planeten nachdachte, verspürte Jesse Slade schon wieder dieses Sehnen. Den Drang, seinem kleinen Büro und den Kunden, diesen Drückebergern, mit denen er sich Tag für Tag herumschlagen mußte, zu entfliehen.

Es muß doch noch ein anderes Leben geben, sagte sich Slade. Soll das wirklich alles sein, was unser Dasein zu bieten hat?

Ein ganzes Stück die Straße hinab vor dem Fenster seines Büros strahlte Tag und Nacht eine Neonreklame. Muse GmbH stand auf dem Schild, und Jesse Slade wußte, was das bedeutete. Da geh ich hin, sagte er sich. Heute noch. In der Kaffeepause um halb elf; ich warte nicht mal bis zur Mittagspause.

Als er den Mantel anzog, kam Mr. Hnatt, der Abteilungsleiter, in sein Büro und sagte: »Sagen Sie mal, Slade, was ist denn los? Sie gucken ja wie ein wildes Tier in der Falle.«

»Ähm, ich muß raus, Mr. Hnatt«, sagte Slade zu ihm. »Ich gehe. Ich habe fünfzehntausend Männern geholfen, vom Wehrdienst wegzukommen; jetzt bin ich dran.«

Mr. Hnatt klopfte ihm auf den Rücken. »Gute Idee, Slade; Sie sind überarbeitet. Machen Sie mal Urlaub. Gönnen Sie sich eine Abenteuer-Zeitreise in eine ferne Zivilisation – das wird Ihnen guttun.«

»Danke, Mr. Hnatt«, sagte Slade, »genau das hatte ich auch vor.« Und lief aus dem Büro, so schnell ihn seine Füße trugen, raus aus dem Haus und die Straße entlang, dem leuchtenden Neonschild der Muse GmbH entgegen.

Das Mädchen am Empfang, blond, mit dunkelgrünen Augen und einer Figur, die ihn vor allem ihrer bautechnischen Aspekte wegen beeindruckte, ihrer Aufhängung sozusagen, lächelte ihn an und sagte: »Unser Mr. Manville wird Sie gleich empfangen, Mr. Slade. Bitte nehmen Sie doch solange Platz. Auf dem Tisch dort drüben finden Sie echte *Harper's Weeklies* aus dem 19. Jahrhundert.« Sie fügte hinzu: »Und ein paar *Mad*-Hefte aus dem 20. Jahrhundert, diese berühmten Satire-Klassiker, die einem Hogarth in nichts nachstehen.«

Mr. Slade setzte sich nervös und versuchte zu lesen; in *Harper's Weekly* stieß er auf einen Artikel, in dem es hieß, der Bau des Panama-Kanals sei unmöglich und von den französischen Konstrukteuren bereits wieder verworfen worden – das nahm seine Aufmerksamkeit einen Augenblick gefangen (die Argumentation war derart logisch, derart überzeugend), aber nach kurzer Zeit kehrten Langeweile und Rastlosigkeit wie ein chronischer Nebel zurück. Er stand auf und näherte sich erneut dem Pult.

»Ist Mr. Manville inzwischen da?« fragte er hoffnungsvoll.

Hinter seinem Rücken sagte eine männliche Stimme: »Sie da, vor dem Pult!«

Slade drehte sich um. Und sah sich einem großen, dunkelhaarigen Mann gegenüber, der ihn mit blitzenden Augen eindringlich betrachtete.

»Sie«, sagte der Mann, »sind im *falschen Jahrhundert*.«

Slade schluckte.

Der dunkelhaarige Mann schritt auf ihn zu und sagte: »Ich bin Manville, Sir.« Er streckte die Hand aus, Slade schüttelte sie. »Sie müssen weg hier«, sagte Manville. »Verstehen Sie, Sir? So schnell wie möglich.«

»Aber ich möchte doch Ihre Dienste in Anspruch nehmen«, murmelte Slade.

Manvilles Augen blitzten. »Ich meine, weg in die Vergangenheit. Wie heißen Sie?« Er gestikulierte emphatisch. »Warten Sie, gleich hab ich's. Jesse Slade, von Concord, da vorne an der Straße.«

»Stimmt«, sagte Slade beeindruckt.

»Gut, und jetzt zur Sache«, sagte Mr. Manville. »In mein Büro.« Zu dem außergewöhnlich gebauten Mädchen am Empfang sagte er: »Miss Frib, wir möchten von niemandem gestört werden.«

»Ja, Mr. Manville«, sagte Miss Frib. »Dafür werde ich schon sorgen, nur keine Angst, Sir.«

»Das weiß ich doch, Miss Frib.« Mr. Manville führte

Slade in ein großzügig ausgestattetes Büro im Innern des Gebäudes. Alte Karten und Drucke schmückten die Wände; die Möbel – Slade gaffte. Amerikanische Kolonialzeit, mit Holzstiften statt Nägeln. Neuengland-Ahorn, und ein Vermögen wert.

»Darf ich . . .« begann er.

»Ja, der Directoire-Stuhl ist zum Sitzen da«, versicherte Mr. Manville. »Aber seien Sie vorsichtig; der flitzt Ihnen unter dem Hintern weg, wenn Sie sich nach vorne beugen. Wir wollten da schon lange mal Gummirollen oder so was anbringen lassen.« Er wirkte jetzt etwas irritiert darüber, solche Lappalien erörtern zu müssen. »Mr. Slade«, sagte er schroff. »Ich will geradeheraus mit Ihnen reden; Sie sind ganz offensichtlich ein Mann mit großen intellektuellen Fähigkeiten, sparen wir uns also das übliche Geplänkel.«

»Ja«, sagte Slade, »ich bitte darum.«

»Unsere Zeitreise-Arrangements sind ganz besonderer Art; daher der Name ›Muse‹. Die Anspielung ist Ihnen doch klar?«

»Ähm«, sagte Slade hilflos, aber angestrengt. »Mal sehen. Eine Muse ist ein Organismus, dessen Funktion darin besteht, zu – «

»Der inspiriert«, fuhr Mr. Manville ungeduldig dazwischen. »Slade, Sie sind – nennen wir das Kind beim Namen – kein kreativer Mensch. Deshalb langweilen Sie sich und fühlen Sie sich unausgefüllt. Malen Sie? Komponieren Sie? Schweißen Sie aus Raumschiffkarosserieteilen und ausrangierten Gartenstühlen Eisenskulpturen zusammen? Nein. Sie tun gar nichts; Sie sind ausgesprochen passiv. Stimmt's?«

Slade nickte. »Sie haben es getroffen, Mr. Manville.«

»Gar nichts habe ich getroffen«, erwiderte Mr. Manville gereizt. »Sie begreifen nicht, Slade. Aus Ihnen wird niemals ein kreativer Mensch, weil es einfach nicht in Ihnen steckt. Sie sind zu gewöhnlich. Ich will Sie gar nicht dazu bringen, mit den Fingern zu malen oder Körbe zu flechten; ich bin kein Jungianer, der die Kunst für ein Allheilmittel hält.« Er lehnte sich zurück und reckte den Zeigefinger gegen Slade. »Sehen Sie, Slade. Wir können Ihnen helfen, aber nur, wenn Sie gewillt sind, sich selbst zu helfen. Da Sie nicht kreativ sind, ist das Beste, was Sie erhoffen können – und dabei können wir Sie unterstützen –, *andere, kreative Menschen zu inspirieren*. Verstehen Sie?«

Nach einem Augenblick sagte Slade: »Ja, Mr. Manville. Ich verstehe.«

»Gut«, sagte Manville und nickte. »Also, Sie können einen berühmten Musiker wie Mozart oder Beethoven inspirieren oder einen Wissenschaftler wie Albert Einstein oder einen Bildhauer wie Sir Jacob Epstein – Schriftsteller, Musiker, Dichter, Sie haben freie Wahl. Sie könnten beispielsweise Sir Edward Gibbon auf einer seiner Reisen ans Mittelmeer kennenlernen, ihn in ein beiläufiges Gespräch verwickeln und dann so etwas sagen wie ... Hmmm, sehen Sie nur, überall die Ruinen dieser alten Kultur. Ich frage mich, wie kommt das nur, daß ein so mächtiges Imperium wie das römische einfach in Verfall geraten kann? Verfallen kann ... zerfallen ...«

»Du lieber Gott«, stieß Slade hervor, »ach so, Manville; natürlich. Ich brauche Gibbon nur oft genug das Wort ›fallen‹ einzusagen, und dank mir kommt ihm dann die Idee zu seiner großen Geschichte Roms, *Verfall und Untergang des Römischen Reiches*. Und – « Er spürte, daß er zitterte. »Ich habe ihm dabei geholfen.«

»›Geholfen‹?« sagte Manville. »Slade, das ist wohl kaum das richtige Wort. Ohne Sie hätte es solch ein Werk gar nie gegeben. Sie, Slade, könnten Sir Edwards Muse werden.« Er lehnte sich zurück, zückte eine Upmann-Zigarre (circa 1915) und zündete sie an.

»Ich glaube«, sagte Slade, »ich denke lieber noch mal drüber nach. Ich möchte sichergehen, daß ich den Richtigen inspiriere; ich meine, die verdienen es alle, inspiriert zu werden, aber – «

»Aber Sie möchten *die* Person finden, die Ihren psychischen Bedürfnissen genau entspricht«, pflichtete Manville bei und paffte duftenden blauen Dunst. »Nehmen Sie sich unseren Prospekt mit.« Er reichte Slade eine große bunte 3-D-*pop-up*-Hochglanzbroschüre. »Nehmen Sie das mit nach Hause, lesen Sie es, und kommen Sie wieder, wenn Sie soweit sind.«

Slade sagte: »Gott segne Sie, Mr. Manville.«

»Und beruhigen Sie sich«, sagte Manville. »Die Welt wird schon nicht untergehen ... wir von Muse wissen das, denn wir haben nachgesehen.« Er lächelte, und es gelang Slade zurückzulächeln.

Zwei Tage später kam Jesse Slade zur Muse GmbH zurück. »Mr. Manville«, sagte er, »ich weiß, wen ich inspirieren möchte.« Er holte tief Luft. »Ich habe überlegt und überlegt, und es würde mir am meisten bedeuten, wenn ich nach Wien zurückreisen und Ludwig van Beethoven zu seiner Götterfunken-Symphonie inspirieren könnte; wissen Sie, das Thema im vierten Satz, das vom Bariton gesungen wird, bam-bam di-da di-da bam-bam, Tochter aus Elysium.« Er errötete. »Ich bin zwar kein Musiker, aber ich habe Beethovens Neunte mein Leben lang bewundert, und vor allem – «

»Schon passiert«, sagte Manville.

»Äh?« Er begriff nicht.

»Schon vergeben, Mr. Slade.« Manville wirkte ungeduldig hinter seinem großen Rollschreibtisch aus Eiche (circa 1910). Er holte einen dicken, mit Metall verstärkten schwarzen Ordner hervor und blätterte darin. »Vor zwei Jahren ist eine Mrs. Ruby Welch aus Montpelier, Idaho, zurückgereist nach Wien und hat Beethoven zum Thema des vierten Satzes seiner Neunten inspiriert.« Manville schlug den Ordner zu und blickte Slade an. »Also? Wie lautet Ihre zweite Wahl?«

Stammelnd sagte Slade: »Ich – muß darüber nachdenken. Geben Sie mir noch etwas Zeit.«

Mit einem prüfenden Blick auf seine Armbanduhr sagte Manville kurz: »Ich gebe Ihnen zwei Stunden. Bis heute nachmittag um drei. Schönen Tag noch, Slade.« Er erhob sich, und auch Slade stand automatisch auf.

Eine Stunde später, in seinem engen Büro bei der Wehrdienstberatung Concord, wurde Jesse Slade blitzartig klar, wen er wozu inspirieren wollte. Sofort zog er seinen Mantel an, entschuldigte sich bei dem verständnisvollen Mr. Hnatt und hastete die Straße entlang zur Muse GmbH.

»Aha, Mr. Slade«, sagte Manville, als er ihn hereinkommen sah. »Das ging aber schnell. Kommen Sie mit.« Er ging voran in sein Büro. »Na, dann lassen Sie mal hören.« Er schloß die Tür hinter ihnen.

Jesse Slade leckte sich die trockenen Lippen und sagte dann hüstelnd: »Mr. Manville, ich möchte zurückreisen und – also, ich muß etwas weiter ausholen. Kennen Sie die großartige Science-Fiction-Literatur des *Golden Age*, zwischen 1930 und 1970?«

»Jaja«, sagte Manville ungeduldig und machte ein finsteres Gesicht.

»Als ich auf dem College war«, sagte Slade, »und meinen Magister in englischer Literatur gemacht habe, mußte ich natürlich einiges an Science-Fiction des zwanzigsten Jahrhunderts lesen. Von den Großen ragten drei Schriftsteller besonders heraus. Erstens Robert Heinlein mit seiner *Future History*. Zweitens Isaac Asimov mit seiner epischen *Foundation*-Serie. Und – « Er tat einen tiefen, bebenden Atemzug. »Der Mann, über den ich meine Arbeit geschrieben habe. Jack Dowland. Von den dreien hielt man Dowland damals für den bedeutendsten. Seine Weltgeschichte der Zukunft erschien ab 1957, sowohl in Zeitschriften – als Kurzgeschichten – als auch in Buchform, als komplette Romane. Seit etwa 1963 betrachtete man Dowland als – «

Mr. Manville sagte: »Hmmm.« Er holte den schwarzen Ordner hervor und begann ihn durchzublättern. »Science-Fiction des zwanzigsten Jahrhunderts ... ein ziemlich ausgefallenes Interessengebiet – Ihr Glück. Mal sehen.«

»Hoffentlich«, sagte Slade leise, »ist er noch nicht vergeben.«

»Hier haben wir einen Kunden«, sagte Mr. Manville. »Leo Parks aus Vacaville, Kalifornien. Er ist zurückgereist und hat A.E. Van Vogt dazu inspiriert, von Liebesgeschichten und Western auf Science-Fiction umzusteigen.« Mr. Manville blätterte weiter und sagte: »Und letztes Jahr hat eine Kundin der Muse GmbH, Miss Julie Oxenblut aus Kansas City, Kansas, darum gebeten, Robert Heinlein zu seiner *Future History* inspirieren zu dürfen ... hatten Sie nicht Heinlein gesagt, Mr. Slade?«

»Nein«, sagte Slade, »Jack Dowland, der großartigste von den dreien. Heinlein war großartig, aber ich habe das genau nachgelesen, Mr. Manville, und Dowland war noch großartiger.«

»Ja, ist noch frei«, entschied Manville und klappte den schwarzen Ordner zu. Er zog ein Formular aus seiner Schreibtischschublade. »Füllen Sie das hier aus, Mr. Slade«, sagte er, »und dann bringen wir die Sache auf die Schiene. Wissen Sie, wann und wo Jack Dowland mit der Arbeit an seiner Weltgeschichte der Zukunft begonnen hat?«

»Ja«, sagte Slade. »Er wohnte in einer kleinen Stadt an der damaligen Route 40 in Nevada, einem Ort namens Purpleblossom: drei Tankstellen, ein Café, eine Bar und ein Krämerladen. Dowland war dorthin gezogen, um die Atmosphäre in sich aufzunehmen; er wollte Geschichten über den Alten Westen schreiben, in Form von Drehbüchern fürs Fernsehen. Er hoffte, damit einen Haufen Geld zu verdienen.«

»Ich sehe schon, Sie kennen sich aus«, sagte Manville beeindruckt.

Slade fuhr fort: »In Purpleblossom hat er ein paar Westerndrehbücher fürs Fernsehen verfaßt, aber irgendwie befriedigte ihn das nicht recht. Jedenfalls blieb er dort und versuchte sich an anderen Dingen, zum Beispiel Kinderbücher und Artikel über vorehelichen Teenager-Sex für die schicken Magazine der Epoche... und dann, urplötzlich, im Jahre 1956, wechselte er mit einem Schlag zur Science-Fiction und schuf auf Anhieb die bis dahin beste Novelle auf diesem Gebiet. Das war das einstimmige Urteil damals, Mr. Manville, und ich habe die Geschichte gelesen und bin derselben Meinung. Sie hieß DER VATER AUF DER MAUER und taucht noch heute ab und zu in Anthologien auf; es ist eine von den Geschichten, die nicht totzukriegen sind. Und an die Zeitschrift, in der sie damals erschienen ist, *Fantasy & Science Fiction*, wird man sich allein deshalb immer erinnern, weil Dowlands erstes Epos in der August-Nummer 1957 veröffentlicht worden ist.«

Mr. Manville nickte und sagte: »Und das ist das *magnum opus*, das Sie inspirieren möchten. Das, und alles, was danach kam.«

»Sie haben es erfaßt, Sir«, sagte Mr. Slade.

»Sie füllen Ihr Formular aus«, sagte Manville, »und wir erledigen den Rest.« Er lächelte Slade an, und Slade lächelte selbstbewußt zurück.

Der Pilot des Zeitschiffes, ein kleiner, untersetzter junger Mann mit Bürstenschnitt und kantigem Gesicht, sagte in forschem Ton: »Okay, Kumpel, sind wir soweit? Entscheiden Sie sich.«

Ein letztes Mal inspizierte Slade den Anzug aus dem zwanzigsten Jahrhundert, den ihm die Muse GmbH zur Verfügung gestellt hatte – eine der Dienstleistungen, die in dem relativ hohen Preis, den er hatte zahlen müssen, enthalten waren. Schmale Krawatte, Hosen ohne Aufschläge, ein gestreiftes Collegehemd ... ja, entschied Slade, nach allem, was er von dieser Epoche wußte, war er authentisch, bis hin zu den spitzen italienischen Schuhen und den bunten Stretchsocken. Er würde problemlos als Bürger der Vereinigten Staaten aus dem Jahre 1956 durchgehen, sogar in Purpleblossom, Nevada.

»Jetzt hören Sie mal zu«, sagte der Pilot, während er Slade den Sicherheitsgurt um den Bauch legte. »Ein paar Dinge müssen Sie sich merken. Erstens: Ihre einzige Möglichkeit, ins Jahr 2040 zurückzukommen, bin ich; *zu Fuß* kommen Sie nie dahin. Und zweitens, passen Sie auf, daß Sie die Vergangenheit nicht auf den Kopf stellen – ich meine, halten Sie sich an Ihre eine einfache Aufgabe, dieses Individuum, diesen Jack Dowland, zu inspirieren, *und lassen Sie es damit gut sein.*«

»Klar«, sagte Slade, ziemlich verwirrt ob der Ermahnungen.

»So viele Kunden«, sagte der Pilot, »Sie glauben gar nicht, wie viele, drehen durch, wenn sie in die Vergangenheit reisen; die werden größenwahnsinnig und wollen alles mögliche verändern – Kriege verhindern, Hunger und Armut abschaffen – Sie wissen schon. Die Geschichte verändern.«

»Keine Angst«, sagte Slade. »An abstrakten kosmischen Heldentaten von der Sorte bin ich nicht interessiert.« Jack Dowland zu inspirieren war schon kosmisch genug. Und doch besaß er genug Einfühlungsvermögen, um die Versuchung nachvollziehen zu können. Bei seiner Arbeit waren ihm alle möglichen Leute begegnet.

Der Pilot schlug die Luke des Zeitschiffes zu, vergewisserte sich, daß Slade richtig angeschnallt war, und nahm dann seinen Platz am Kontrollpult ein. Er drückte einen Schalter, und einen Augenblick später war Slade unterwegs in den Urlaub von seiner eintönigen Büroarbeit – zurück ins Jahr 1956 und zu jener Tat seines Lebens, die einem schöpferischen Akt am nächsten kommen würde.

Die heiße Mittagssonne von Nevada knallte herab und blendete ihn; Slade blinzelte und versuchte krampfhaft, den Ort Purpleblossom zu erspähen. Alles, was er sah, war öder Fels und Sand, die offene Wüste und eine einzelne, schmale Straße, die zwischen den Yucca-Pflanzen hindurchführte.

»Da drüben rechts«, sagte der Pilot des Zeitschiffes und deutete in die angegebene Richtung. »Es sind zehn Minuten zu Fuß. Ihr Vertrag ist Ihnen doch hoffentlich klar. Holen Sie ihn lieber noch mal raus, und lesen Sie ihn.«

Aus der Brusttasche seines Mantels im Stil der 1950er Jahre zog Slade das lange gelbe Vertragsformular der Muse GmbH. »Hier steht, Sie geben mir 36 Stunden Zeit. Sie holen mich genau hier wieder ab, und ich bin selbst dafür verantwortlich, daß ich dann auch hier bin; wenn nicht, kann ich nicht in meine Zeit zurückgebracht werden, und die Gesellschaft übernimmt keinerlei Haftung.«

»Genau«, sagte der Pilot und stieg in das Zeitschiff zurück. »Viel Glück, Mr. Slade. Oder vielmehr ›Viel Glück, Jack Dowlands Muse‹.« Er grinste, halb spöttisch, halb verständnisvoll, und dann schloß sich die Luke hinter ihm.

Jesse Slade war allein in der Wüste von Nevada, eine Viertelmeile von der winzigen Ortschaft Purpleblossom entfernt.

Er marschierte los; sein Schweiß floß in Strömen, und er wischte sich mit dem Taschentuch immer wieder über den Hals.

Da es im ganzen Ort nur sieben Häuser gab, war es kein Problem, Jack Dowlands Haus ausfindig zu machen. Slade stieg zu der wackligen hölzernen Veranda hinauf und warf einen Blick auf den Vorplatz des Hauses mit Mülltonne, Wäscheleine und ausgedienten Badezimmerinstallationen ... in der Einfahrt sah er einen verlotterten Wagen irgendeines archaischen Typs stehen – archaisch selbst für das Jahr 1956.

Er klingelte, rückte nervös die Krawatte zurecht und rekapitulierte innerlich, was er zu sagen beabsichtigte. An diesem Punkt seines Lebens hatte Jack Dowland noch keine Science-Fiction geschrieben; das durfte er keinesfalls vergessen – genau darum ging es ja. Dies war der kritische Knotenpunkt seines Lebens – ein historischer Moment, dieses schicksalhafte Schellen der Türklingel. Doch Dowland wußte das natürlich nicht. Was machte er wohl da drinnen? Schrieb er? Las er die Witzseite einer Zeitung aus Reno? Schlief er?

Schritte. Slade stellte sich stramm in Positur.

Die Tür ging auf. Eine junge Frau in leichten Baumwollhosen, die Haare mit einem Band nach hinten gebunden, musterte ihn gelassen. Slade fiel auf, was sie für kleine, hübsche Füße hatte. Sie trug Hausschuhe; ihre Haut war glatt und schimmernd, und er ertappte sich dabei, daß er sie gebannt anstarrte, nicht daran gewöhnt, daß eine Frau so viel Haut zeigte. Beide Knöchel waren vollkommen nackt.

»Ja?« fragte die Frau freundlich, aber ein klein wenig abgekämpft. Jetzt sah er, daß sie *staubgesaugt* hatte; dort im Wohnzimmer stand ein G.E.-Panzerkuppelstaubsauger... seine Existenz hier war der Beweis dafür, daß die Historiker sich irrten; der Panzerkuppelstaubsauger war also *nicht*, wie bisher angenommen, schon 1950 verschwunden.

Slade, der sich gründlich vorbereitet hatte, sagte ohne zu stocken: »Mrs. Dowland?« Die Frau nickte. Jetzt erschien ein kleines Kind, das ihn an der Mutter vorbei anlinste. »Ich bin ein Fan Ihres Mannes und seiner monumentalen – « Hoppla, dachte er, das war danebengegangen. »Ähem«, korrigierte er sich, einen Ausdruck des zwanzigsten Jahrhunderts gebrauchend, der in Büchern häufig zu finden war. »Tsk-tsk«, machte er. »Nein, Madam, was ich eigentlich sagen wollte, ist dies: Das Werk Jacks, Ihres Gatten, ist mir wohl vertraut. Vermittels einer langen Fahrt durch die Wüsteneien bin ich gekommen, um ihn in seiner natürlichen Umgebung zu beobachten.« Er lächelte hoffnungsvoll.

»Sie kennen Jacks Sachen?« Sie schien überrascht, aber durchaus erfreut.

»Von der Television«, sagte Slade. »Seine Drehbücher sind eins a.« Er nickte.

»Sie sind Engländer, nicht wahr?« sagte Mrs. Dowland. »Wollen Sie nicht reinkommen?« Sie hielt die Tür auf. »Jack arbeitet im Augenblick oben auf dem Dachboden ... die Kinder machen ihm zuviel Lärm. Er macht aber sicher gerne einen Moment Pause und redet mit Ihnen. Vor allem, wenn Sie so weit gefahren sind, Mr. ....«

»Slade«, sagte Slade. »Nette kleine Behausung nennen Sie Ihr eigen.«

»Danke.« Sie ging voran; in der Mitte der dunklen, kühlen Küche stand ein runder Plastiktisch, auf dem sich ein Milchkarton aus Wachspapier, ein Bakelitteller, eine Zuckerdose, zwei Kaffeetassen und andere Kuriositäten befanden. »Jack!« rief sie die Treppe hinauf. »Hier ist ein Fan von dir; er will dich sprechen!«

Weit weg, über ihnen, ging eine Tür auf. Schritte waren zu hören, und dann, während Slade steif dastand, erschien Jack Dowland, jung und gutaussehend, mit langsam dünner werdenden braunen Haaren, Hose und Pullover, das schmale, intelligente Gesicht von einem Stirnrunzeln verdüstert. »Ich arbeite«, sagte er barsch. »Auch wenn ich das zu Hause tu, ist das doch eine Arbeit wie jede andere.« Er blickte Slade an. »Was wollen Sie? Was heißt, Sie sind ein ›Fan‹ meiner Werke? *Welche* Werke denn? Gott, ich hab schon seit zwei Monaten nichts mehr verkauft; ich werd fast verrückt.«

Slade sagte: »Jack Dowland, Sie haben eben einfach noch nicht das richtige Genre gefunden.« Er hörte seine Stimme zittern; das war der große Augenblick.

»Möchten Sie vielleicht ein Bier, Mr. Slade?« fragte Mrs. Dowland.

»Danke, Miss«, sagte Slade. »Jack Dowland«, fuhr er fort, »ich bin hier, um Sie zu inspirieren.«

»Wo kommen Sie her?« fragte Dowland argwöhnisch. »Und wieso haben Sie Ihre Krawatte so komisch gebunden?«

»Komisch, wie meinen Sie das?« fragte Slade nervös.

»Mit dem Knoten unten statt oben am Adamsapfel.« Dowland ging jetzt um ihn herum und musterte ihn kritisch. »Und warum haben Sie sich den Kopf rasiert? Sie sind zu jung für eine Glatze.«

»Den Gebräuchen dieser Epoche«, sagte Slade kleinlaut, »entspricht ein Kahlkopf. In New York zumindest.«

»Von wegen Kahlkopf«, sagte Dowland. »Sagen Sie mal, was sind Sie eigentlich für ein Spinner? Was wollen Sie von mir?«

»Ich möchte Sie rühmen«, sagte Slade. Er wurde plötzlich wütend; ein neues Gefühl, Empörung, machte sich in ihm breit – er wurde nicht so behandelt, wie er es verdiente, und das wußte er.

»Jack Dowland«, sagte er und stotterte ein wenig, »ich weiß mehr über Ihr Werk als Sie selbst; ich weiß, daß Ihr eigentliches Genre die Science-Fiction ist und nicht der Fernsehwestern. Sie sollten lieber auf mich hören; ich bin Ihre Muse.« Dann schwieg er und atmete laut und schwer.

Dowland glotzte ihn an, und dann warf er den Kopf zurück und lachte.

Auch Mrs. Dowland lächelte und sagte: »Also, daß Jack eine Muse hatte, wußte ich, aber ich hatte eigentlich angenommen, sie sei eine Frau. Sind Musen denn nicht immer weiblich?«

»Nein«, sagte Slade wütend. »Leo Parks aus Vacaville, Kalifornien, der A.E. Van Vogt inspiriert hat, war ein Mann.« Er setzte sich an den Plastiktisch; seine Beine waren jetzt zu wacklig, um ihn zu tragen. »Hören Sie zu, Jack Dowland – «

»Um Gottes willen«, sagte Dowland, »entweder Sie sagen Jack zu mir oder Dowland, aber nicht beides; das ist doch nicht normal, wie Sie daherreden. Haben Sie

Gras intus« – er schnüffelte aufmerksam – »oder sonst einen im Tee?«

»Tee?« echote Slade verständnislos. »Nein, Bier bitte.«

Dowland sagte: »Also, kommen Sie jetzt zur Sache. Ich muß wieder an die Arbeit. Auch wenn ich zu Hause arbeite, ist das doch *Arbeit*.«

Jetzt war es an der Zeit, daß Slade seine Lobrede hielt. Er hatte sie sorgfältig vorbereitet; er räusperte sich und begann. »Jack, wenn ich Sie so nennen darf, ich verstehe nicht, warum zum Teufel Sie es nicht einmal mit Science-Fiction versucht haben. Ich glaube – «

»Das kann ich Ihnen sagen«, fuhr Jack Dowland dazwischen. Die Hände in den Hosentaschen, ging er auf und ab. »Weil es in Kürze einen Wasserstoffbomben-Krieg gibt. Die Zukunft ist schwarz. Wer will darüber schon schreiben? Jessas.« Er schüttelte den Kopf. »Und überhaupt, wer liest denn dieses Zeug? Verpickelte Jünglinge. Asoziale. Ist doch alles Mist. Nennen Sie mir eine einzige gute Science-Fiction-Geschichte, nur eine. Ich hab mal so ein Heftchen aufgelesen, im Bus, als ich in Utah war. Müll! So einen Müll würd ich noch nicht mal schreiben, wenn es sich auszahlen würde, und ich hab mich mal erkundigt, es zahlt sich nicht aus – grad so ein halber Cent pro Wort. Und wer kann davon schon leben?« Angewidert näherte er sich der Treppe. »Ich geh wieder an die Arbeit.«

»Warten Sie«, sagte Slade verzweifelt. Es ging alles schief. »Vergönnen Sie es mir, daß ich zu Ende spreche, Jack Dowland.«

»Jetzt reden Sie schon wieder so komisch daher«, sagte Dowland. Aber er hielt inne und wartete. »Also?« drängte er.

Slade sagte: »Mr. Dowland, ich komme aus der Zukunft.« Das durfte er nicht sagen – Mr. Manville hatte ihn eindringlich davor gewarnt –, aber es schien im Augenblick der einzige Ausweg, die einzige Möglichkeit, Jack Dowland daran zu hindern, einfach wegzugehen.

»Was?« sagte Dowland laut. »*Wo*her?«

»Ich bin ein Zeitreisender«, sagte Slade matt und verstummte.

Dowland kam wieder auf ihn zu.

Als er zum Zeitschiff zurückkam, sah Slade den gedrungenen Piloten davor auf der Erde sitzen und eine Zeitung lesen. Der Pilot blickte auf, grinste und sagte: »Gesund und munter wieder da, Mr. Slade, dann kann's ja losgehen.« Er öffnete die Luke und führte Slade ins Innere.

»Bringen Sie mich zurück«, sagte Slade. »Bringen Sie mich bloß zurück.«

»Was ist denn los? Hat Ihnen die Inspiriererei nicht gefallen?«

»Ich möchte bloß in meine Zeit zurück.«

»Okay«, sagte der Pilot und zog die eine Augenbraue hoch. Er schnallte Slade auf seinem Sitz fest und nahm dann neben ihm Platz.

Als sie bei der Muse GmbH ankamen, erwartete Mr. Manville sie bereits. »Slade«, sagte er, »kommen Sie rein.« Seine Miene war finster. »Ich habe ein Wörtchen mit Ihnen zu reden.«

Als sie allein in Mr. Manvilles Büro waren, begann Slade: »Er war schlecht gelaunt, Mr. Manville. Ich kann nichts dafür.« Er ließ den Kopf hängen, fühlte sich hohl und wertlos.

»Sie – « Manville blickte ungläubig auf ihn herab. »Es ist Ihnen *mißlungen*, ihn zu inspirieren. Das ist noch nie vorgekommen!«

»Ich könnte ja noch mal zurückgehen«, sagte Slade.

»Mein Gott«, sagte Manville, »Sie haben ihn nicht nur

nicht inspiriert – Sie haben ihn *gegen* die Science-Fiction eingenommen.«

»Woher wissen Sie das?« sagte Slade. Er hatte gehofft, es für sich behalten, es als Geheimnis mit ins Grab nehmen zu können.

Bissig sagte Manville: »Ich brauchte lediglich die Lexika zur Literatur des zwanzigsten Jahrhunderts im Auge zu behalten. Eine halbe Stunde, nachdem Sie weg waren, sind sämtliche Eintragungen zu Jack Dowland einschließlich der halben Seite, die die *Britannica* seiner Biografie widmet – verschwunden.«

Slade sagte nichts; er stierte zu Boden.

»Darauf habe ich ein bißchen nachgeforscht«, sagte Manville. »Ich habe mir von den Computern der University of California alle noch vorhandenen Textstellen zu Jack Dowland heraussuchen lassen.«

»Haben sie welche gefunden?« murmelte Slade.

»Ja«, sagte Manville. »Ein paar. Winzige, in hochspezialisierten Fachartikeln, die sich umfassend und erschöpfend mit dieser Epoche auseinandersetzen. Ihretwegen ist Jack Dowland der Öffentlichkeit heute gänzlich unbekannt – *und war es auch zu seinen Lebzeiten.*« Keuchend vor Wut fuchtelte er mit dem Finger vor Slade herum. »Ihretwegen hat Jack Dowland seine epische Weltgeschichte der Zukunft nie geschrieben. Aufgrund Ihrer sogenannten Inspiration hat er weiterhin Drehbücher für Westernserien verfaßt – und ist mit sechsundvierzig Jahren als völlig vergessener Lohnschreiber gestorben.«

»*Überhaupt* keine Science-Fiction?« fragte Slade ungläubig. Hatte er derart versagt? Er konnte es nicht fassen; gut, Dowland hatte jeden Vorschlag, den Slade gemacht hatte, erbittert von sich gewiesen – gut, er war in einer seltsamen Verfassung auf seinen Dachboden zurückgekehrt, nachdem Slade sein Anliegen vorgetragen hatte. Aber –

»Also«, sagte Manville, »es gibt *eine* Science-Fiction-Arbeit von Jack Dowland. Winzig, mittelmäßig und völlig unbekannt.« Er griff in seine Schreibtischschublade, riß ein uraltes, vergilbtes Heft heraus und warf es Slade hinüber. »Eine Kurzgeschichte mit dem Titel ORPHEUS MIT PFERDEFUSS, unter dem Pseudonym Philip K. Dick. Damals hat sie kein Schwein gelesen, heute liest sie kein Schwein – Dowland berichtet darin von . . .« Er warf Slade einen wütenden Blick zu. »Von dem Besuch eines wohlmeinenden Idioten aus der Zukunft mit der wahnwitzigen Vorstellung, ihn dazu zu inspirieren, eine mythologische Weltgeschichte der Zukunft zu schreiben. Na, Slade? Was sagen Sie jetzt?«

Slade sagte schleppend: »Offenbar war mein Besuch die Grundlage für seine Geschichte.«

»Und sie brachte ihm das einzige Honorar, das er als Science-Fiction-Autor je verdient hat – enttäuschend wenig, kaum genug, um Mühe und Zeitaufwand zu rechtfertigen. Sie kommen in der Geschichte vor, ich komme in der Geschichte vor – Herrgott, Slade, Sie müssen ihm ja alles haargenau erzählt haben.«

»Ja«, sagte Slade. »Ich mußte ihn doch überzeugen.«

»Nun, überzeugt hat ihn das nicht; er dachte, Sie seien irgendein Geisteskranker. Er war offensichtlich sehr verbittert, als er die Geschichte geschrieben hat. Eine Frage: Hat er gearbeitet, als Sie angekommen sind?«

»Ja«, sagte Slade, »aber Mrs. Dowland meinte – «

»Es gibt – gab – keine Mrs. Dowland. Dowland war nie verheiratet! Das muß die Frau irgendeines Nachbarn gewesen sein, mit der Dowland ein Verhältnis hatte. Kein Wunder, daß er so wütend war; Sie sind in sein Rendezvous mit diesem Mädchen reingeplatzt, egal wer sie war.

Sie kommt auch vor in der Geschichte; er hat alles da hineingesteckt und danach das Haus in Purpleblossom, Nevada, aufgegeben und ist nach Dodge City, Kansas, gezogen.«

Sie schwiegen.

»Ähm«, sagte Slade schließlich, »könnt ich es vielleicht noch mal probieren? Mit jemand anderem? Auf dem Rückweg habe ich an Paul Ehrlich und seine Zauberkugeln gedacht, die Entdeckung der Heilmethode für – «

»Hören Sie«, sagte Manville. »Ich habe ebenfalls nachgedacht. Sie *werden* zurückfahren, aber nicht, um Dr. Ehrlich oder Beethoven oder Dowland oder so jemanden zu inspirieren, Leute, die für die Gesellschaft nützlich sind.«

Slade blickte auf, ihm schwante was.

»Sie fahren zurück«, preßte Manville zwischen den Zähnen hervor, »um Leute wie Adolf Hitler und Karl Marx und Sanrome Clinger zu *desinspirieren* – «

»Sie meinen, ich bin so unfähig . . .« grummelte Slade.

»Genau. Wir fangen an mit Hitler während der Zeit seiner Inhaftierung nach seinem ersten fehlgeschlagenen Versuch, in Bayern die Macht an sich zu reißen. Als er Rudolf Heß *Mein Kampf* diktierte. Ich habe das mit meinen Vorgesetzten abgesprochen, und es ist alles schon geregelt; Sie werden sein Mitgefangener, verstehen Sie? Und Sie raten Adolf Hitler, genau wie Sie es Jack Dowland geraten haben, daß er schreiben soll. In diesem Fall eine detaillierte Autobiografie, die sein weltpolitisches Programm in allen Einzelheiten wiedergibt. Und wenn alles klappt – «

»Ich verstehe«, murmelte Slade und stierte wieder zu Boden. »Das hört sich – ich wollte fast schon sagen, äußerst inspiriert an, aber ich fürchte, das Wort hat meinetwegen einen gewissen Beigeschmack gekriegt.«

»Denken Sie bloß nicht, das sei meine Idee«, sagte Manville. »Das hab ich aus Dowlands elender Geschichte ORPHEUS MIT PFERDEFUSS; so hat er sie aufgelöst.« Er blätterte in dem alten Heft, bis er gefunden hatte, was er suchte. »Lesen Sie das hier, Slade. Sie werden feststellen, daß es bis zu unserem Treffen hier geht, und danach machen Sie sich auf und informieren sich über die Nazipartei, damit Sie Adolf Hitler so gut wie möglich davon desinspirieren können, seine Autobiografie zu schreiben, und so möglicherweise den Zweiten Weltkrieg verhindern. Und sollte es Ihnen mißlingen, Hitler zu desinspirieren, setzen wir Sie auf Stalin an, und sollte es Ihnen mißlingen, Stalin zu desinspirieren, dann – «

»Schon gut«, murrte Slade, »ich verstehe; Sie brauchen mir das nicht bis zum allerletzten Detail auszumalen.«

»Und Sie sind einverstanden«, sagte Manville, »weil Sie auch in ORPHEUS MIT PFERDEFUSS einverstanden sind. Die ganze Sache ist bereits beschlossen.«

Slade nickte. »Mir ist alles recht, um das wiedergutzumachen.«

»Sie Idiot«, sagte Manville zu ihm, »wie konnte das nur so danebengehen?«

»Ich hatte einen schlechten Tag«, sagte Slade. »Das nächste Mal klappt's bestimmt besser.« Vielleicht bei Hitler, dachte er. Vielleicht kann ich bei ihm erstklassige Desinspirationsarbeit leisten, besser als je irgendeiner zuvor in der Geschichte jemanden desinspiriert hat.

»Wir werden Sie die Null-Muse nennen«, sagte Manville.

»Äußerst geistreich«, sagte Slade.

Müde sagte Manville: »Ihr Kompliment gebührt nicht mir, sondern Jack Dowland. Das stand auch in seiner Geschichte. Ganz am Schluß.«

»Und so hört sie auf?« fragte Slade.

»Nein«, sagte Manville, »sie hört damit auf, daß ich Ihnen eine Rechnung präsentiere – die Reisekosten für die Desinspiration Adolf Hitlers. Fünfhundert Dollar, im voraus.« Er hielt die Hand auf. »Nur für den Fall, daß Sie nicht mehr zurückkommen.«

Resigniert und niedergeschlagen griff Jesse Slade so langsam wie möglich in die Tasche seines Mantels aus dem zwanzigsten Jahrhundert, um seine Brieftasche hervorzuholen.

Augen auf!

Daß ich diese unglaubliche Invasion der Erde durch Lebewesen von einem anderen Planeten entdeckt habe, war reiner Zufall. Bis jetzt habe ich noch nichts dagegen unternommen; mir fällt nichts ein, was ich unternehmen könnte. Ich habe an die Regierung geschrieben und als Antwort eine Broschüre über die Renovierung und Instandhaltung von Fachwerkhäusern zugeschickt bekommen. Aber wie dem auch sei, die Sache ist bekannt; ich bin nicht der erste, der sie entdeckt hat. Vielleicht hat man sie sogar im Griff.

Ich saß in meinem Sessel und blätterte lustlos in einem Taschenbuch, das jemand im Bus liegengelassen hatte, als ich auf den Hinweis stieß, der mich überhaupt auf die Spur gebracht hat. Zunächst reagierte ich nicht. Es dauerte eine Weile, bis mir die ganze Tragweite davon bewußt wurde. Doch nachdem ich begriffen hatte, kam es mir komisch vor, daß es mir nicht gleich aufgefallen war.

Der Hinweis bezog sich eindeutig auf eine nichtmenschliche, nicht auf der Erde heimische Spezies mit unglaublichen Eigenschaften. Eine Spezies – das muß ich gleich vorausschicken –, deren Vertreter sich in der Regel als gewöhnliche Menschen ausgeben. Doch angesichts folgender Bemerkungen des Autors wurde ihre Tarnung leicht durchschaubar. Sofort war klar, daß der Autor alles wußte: Er wußte alles – und bewahrte kaltes Blut. Der Satz (die bloße Erinnerung daran läßt mich erzittern) hieß:

... *seine Augen glitten durchs Zimmer.*

Ein unbestimmtes Schaudern überkam mich. Ich versuchte, mir die Augen vorzustellen. Kullerten sie wie Münzen über den Boden? Die Stelle legte nichts dergleichen nahe; sie schienen sich durch die Luft zu bewegen. Ziemlich schnell, offenbar. Niemand in der Geschichte wunderte sich darüber. Das war es, was mich stutzig machte: keine Spur von Überraschung angesichts einer solchen Ungeheuerlichkeit. Im folgenden wurde die Sache noch weiter ausgeführt.

... *seine Augen wanderten von einem zum anderen.*

Da stand es schwarz auf weiß. Seine Augen hatten sich offenkundig vom übrigen Körper gelöst und selbständig gemacht. Mein Herz raste, und der Atem blieb mir in der Kehle stecken. Ich war auf die zufällige Erwähnung einer völlig unbekannten Rasse gestoßen. Eindeutig außerirdischen Ursprungs. Doch den Personen in dem Buch erschien dies ganz normal – was darauf schließen ließ, daß sie derselben Spezies angehörten.

Und der Autor? Ein leiser Verdacht begann in mir zu glühen. Dem Autor fiel es ein wenig *zu* leicht, kaltes Blut zu bewahren. Offensichtlich fand er dies alles ganz alltäglich. Er unternahm nicht den geringsten Versuch, sein Wissen zu verhehlen. Die Geschichte ging weiter:

... *schließlich ließen seine Augen Julia nicht mehr los.*

Julia, ganz Dame, besaß wenigstens den Anstand, sich darüber zu entrüsten. Es wird beschrieben, daß sie errötet und zornig die Stirn runzelt. Ich atmete erleichtert auf. Nicht *alle* waren also Außerirdische. Im folgenden hieß es:

... *langsam und bedächtig tasteten seine Augen sie ab.*

Heiliger Bimbam! Aber an dieser Stelle drehte sich das Mädchen um und rauschte aus dem Zimmer, und die Sache hatte ein Ende. Entsetzt rang ich nach Luft und ließ mich in meinen Sessel zurücksinken. Meine Familie bedachte mich mit verwunderten Blicken.

»Was ist los, Schatz?« fragte meine Frau.

Ich konnte es ihr nicht erzählen. Ein normaler Durchschnittsmensch kann diese Art von Wissen nicht verkraften. Ich mußte es für mich behalten. »Nichts«, sagte ich gepreßt. Ich sprang auf, schnappte mir das Buch und hastete aus dem Zimmer.

In der Garage las ich weiter. Es kam noch dicker. Zitternd las ich die nächste aufschlußreiche Stelle:

... er legte seinen Arm um Julia. Sie bat ihn umgehend, seinen Arm zu entfernen. Lächelnd kam er ihrer Bitte nach.

Es steht nicht da, was aus dem Arm des Kerls geworden ist. Vielleicht hat man ihn irgendwo in eine Ecke gestellt. Vielleicht hat man ihn weggeworfen. Mir ist das egal. Was wirklich los war, lag jetzt jedenfalls ganz klar auf der Hand.

Da gab es also eine Gattung von Lebewesen, die in der Lage waren, Teile ihres Körpers nach Belieben abzutrennen. Augen, Arme – vielleicht auch noch mehr. Ohne mit der Wimper zu zucken. Jetzt kamen mir meine Biologiekenntnisse sehr zustatten. Es handelte sich eindeutig um niedere, monozellulare Wesen, eine Art primitiver Einzeller. Lebewesen, die nicht höher entwickelt als Seesterne waren. Seesterne können das nämlich auch.

Ich las weiter. Und stieß auf folgende unglaubliche Enthüllung, die der Autor ganz locker und kaltschnäuzig einfließen ließ:

... vor dem Kino trennten wir uns. Die eine Hälfte sah sich den Film an, die andere ging essen in die Kneipe gegenüber.

Zellteilung, ganz klar. Aufspaltung in zwei Hälften, die zu zwei selbständigen Einheiten werden. Die unteren Hälften sind wahrscheinlich in die Kneipe gegangen, weil sie weiter entfernt war, und die oberen Hälften ins Kino. Mit zitternden Händen las ich weiter. Da war ich ja auf ein Riesending gestoßen. Mir schwindelte geradezu beim Entziffern der Passage:

... da gibt's leider keinen Zweifel. Der arme Bibney hat mal wieder den Kopf verloren.

Worauf der Satz folgte:

... und Bob sagt, er habe überhaupt kein Rückgrat.

Doch Bibney kam damit ebenso gut zurecht wie alle anderen in dem Buch, die nicht minder merkwürdig waren. So wurde die nächste Person mit den Worten beschrieben:

... ein hirnloser Idiot.

Nach der folgenden Stelle gab es keinen Zweifel mehr: Auch Julia, die ich für den einzigen normalen Menschen gehalten hatte, entpuppt sich als außerirdisches Lebewesen, ähnlich wie die anderen:

... nach reiflicher Überlegung hatte Julia dem jungen Mann ihr Herz geschenkt.

Was mit dem Organ letztlich geschah, ging aus der Stelle nicht hervor, aber das war mir eigentlich auch egal. Es war sonnenklar, daß Julia ganz normal weiterlebte, genau wie alle anderen in dem Buch. Ohne Herz, Augen, Gehirn und Rückgrat, und wenn es sein mußte, auch in zwei Hälften getrennt. Völlig ungeniert.

... daraufhin reichte sie ihm ihre Hand.

Mir wurde schlecht. Der Schuft hatte jetzt nicht nur ihr Herz, sondern auch ihre Hand. Mich schaudert bei dem Gedanken, was er inzwischen wohl damit gemacht hat.

... er nahm ihren Arm.

Er konnte es also nicht abwarten und fing nun schon von sich aus an, sie auseinanderzunehmen. Mit hochrotem Kopf schlug ich das Buch zu und sprang auf. Aber nicht schnell genug, um einer letzten Erwähnung jener unbekümmerten Körperteile zu entgehen, deren Eskapaden mich überhaupt erst auf diese Spur gebracht hatten:

. . . *ihre Augen folgten ihm bis ganz ans Ende der Straße und über die Wiese.*

Als seien die verfluchten Dinger hinter *mir* her, stürzte ich aus der Garage zurück ins warme Haus. Meine Frau und die Kinder spielten in der Küche Monopoly. Ich setzte mich zu ihnen und spielte mit fiebriger Leidenschaft, glühender Stirn und klappernden Zähnen.

Ich hatte genug von der Sache. Ich will davon nichts mehr hören. Sollen sie doch kommen. Sollen sie doch die Herrschaft über die Erde an sich reißen. Ich will nichts damit zu tun haben.

Mein Magen macht das einfach nicht mehr mit.

Entdecker sind wir

»Menschenskind«, keuchte Parkhurst, dessen rotes Gesicht vor Aufregung prickelte. »Kommt rüber, Jungs, schaut euch das an!«

Sie drängten sich um den Sichtschirm.

»Da ist sie«, sagte Barton. Sein Herz schlug eigenartig. »Toll sieht sie aus.«

»Und wie toll«, stimmte Leon zu. Er zitterte. »He, ich kann New York ausmachen.«

»Den Teufel kannst du.«

»Und ob. Das Graue dort. Am Wasser.«

»Das sind nicht mal die USA. Wir sehen verkehrt rum drauf. Das ist Siam.«

Das Schiff sauste durch das All, seine Meteoritenschilde kreischten. Unter ihm nahm der blaugrüne Globus an Umfang zu. Wolken zogen über ihn hin, verbargen Erdteile und Ozeane.

»Ich hätte nie gedacht, daß ich die noch mal wiedersehe«, sagte Merriweather. »Ich war mir todsicher, wir sitzen da oben fest.« Sein Gesicht verzerrte sich. »Mars. Diese verdammte rote Wüste. Sonne und Fliegen und Ruinen.«

»Barton weiß eben, wie man Triebwerke repariert«, sagte Captain Stone. »Bedank dich mal bei *ihm*.«

»Wißt ihr, was ich als erstes mache, wenn ich wieder da bin?« brüllte Parkhurst.

»Was?«

»Nach Coney Island gehen.«

»Warum?«

»Leute. Ich will wieder mal Leute sehen. Massenhaft

Leute. Dumme, verschwitzte, lärmende Leute. Eiskrem und Wasser. Den Ozean. Bierflaschen, Milchtüten, Papierservietten – «

»Und Mädels«, sagte Vecchi mit glänzenden Augen. »Wir sind ganz schön lange weggewesen. Ich komme mit. Wir setzen uns an den Strand und schauen den Mädels nach.«

»Was die jetzt wohl für Badeanzüge tragen?« sagte Barton.

»Vielleicht gar keine!« schrie Parkhurst.

»He!« rief Merriweather. »Ich werde meine Frau wiedersehen.« Er wirkte plötzlich wie benommen. Seine Stimme wurde zu einem Flüstern. »Meine Frau.«

»Ich hab auch eine Frau«, sagte Stone. Er grinste. »Aber ich bin schon lange verheiratet.« Dann dachte er an Pat und Jean. Ein stechender Schmerz schnürte ihm die Luftröhre zu. »Die sind bestimmt gewachsen.«

»Gewachsen?«

»Meine Kinder«, sagte Stone heiser.

Sie blickten einander an, sechs zerlumpte, bärtige Männer mit fiebrig glänzenden Augen.

»Wie lange noch?« flüsterte Vecchi.

»Eine Stunde«, sagte Stone. »In einer Stunde sind wir unten.«

Das Schiff prallte mit solcher Wucht auf, daß sie lang hinschlugen. Es sprang, bockte und fetzte mit kreischenden Bremsdüsen durch Geröll und Erde. Die Nase in einen Hügel gebohrt, kam es zum Stehen.

Stille.

Parkhurst kam schwankend auf die Beine. Er faßte nach der Haltestange. Aus einem Schnitt über dem Auge tropfte Blut.

»Wir sind unten«, sagte er.

Barton begann sich zu rühren. Ächzend quälte er sich auf die Knie. Parkhurst half ihm. »Danke. Sind wir . . .«

»Wir sind unten. Wir sind wieder da.«

Die Düsen waren ausgeschaltet. Das Heulen war verstummt . . . zu hören war nur das Tröpfeln von Zwischenwandflüssigkeiten, die in den Boden sickerten.

Das Schiff sah schlimm aus. An drei Stellen war die Hülle geborsten. Sie war nach innen gestülpt, verbogen und gestaucht. Überall lagen Papiere und kaputte Instrumente verstreut.

Vecchi und Stone rappelten sich langsam auf. »Alles in Ordnung?« murmelte Stone, während er seinen Arm befühlte.

»Helft mir mal«, sagte Leon. »Ich hab mir den verdammten Knöchel verstaucht oder so was.«

Sie halfen ihm auf. Merriweather war bewußtlos. Sie brachten ihn mit vereinten Kräften zu sich und halfen ihm auf die Beine.

»Wir sind unten«, wiederholte Parkhurst, als könne er es gar nicht glauben. »Das hier ist die Erde. Wir sind wieder da – lebendig!«

»Hoffentlich sind die Proben in Ordnung«, sagte Leon.

»Zum Teufel mit den Proben!« rief Vecchi aufgeregt. Er hantierte hektisch an der Verriegelung herum, um das schwere Lukenschloß aufzubekommen. »Los, raus hier, vertreten wir uns die Beine.«

»Wo sind wir?« fragte Barton Captain Stone.

»Südlich von San Francisco. Auf der Halbinsel.«

»San Francisco! He, da können wir mit den Cable Cars fahren.« Parkhurst half Vecchi, die Lukenverriegelung zu öffnen. »San Francisco. Ich war mal auf der Durchreise in Frisco. Da gibt's so einen großen Park. Den Golden Gate Park. Da können wir ins Lachkabinett gehen.«

Die Luke schwang weit auf. Jäh verstummte das Gerede. Die Männer spähten hinaus, blinzelnd im grellweißen Sonnenlicht.

Vor ihnen erstreckte sich ein grünes Feld. In der Ferne erhoben sich Hügel, gestochen scharf in der kristallklaren Luft. Auf einer Straße unter ihnen fuhren ein paar Autos, winzige Punkte, die im Sonnenlicht aufblitzten. Telefonmasten.

»Was ist das für ein Geräusch?« Stone lauschte angespannt.

»Ein Zug.«

Er fuhr sein fernes Gleis entlang, aus dem Schornstein quoll schwarzer Rauch. Ein leiser Wind strich über das Feld und bewegte die Grashalme. Zur rechten Seite lag eine Stadt. Häuser und Bäume. Die Markise eines Kinos. Eine *Standard*-Tankstelle. Stände an der Straße. Ein Motel.

»Ob uns wer gesehen hat?« fragte Leon.

»Bestimmt.«

»Gehört auf jeden Fall«, sagte Parkhurst. »Wir haben einen Krach gemacht beim Aufprall, als hätte Gott Verdauungsstörungen.«

Vecchi trat auf das Feld hinaus. Er schwankte wild mit ausgestreckten Armen. »Ich falle!«

Stone lachte. »Wirst dich schon dran gewöhnen. Wir sind zu lang im All gewesen. Los jetzt.« Er sprang hinaus. »Gehen wir.«

»Richtung Stadt.« Parkhurst schloß sich ihm an. »Vielleicht kriegen wir da gratis was zu futtern ... was sag ich: Schampus!« Seine Brust schwoll unter der zerfetzten Uniform. »Heimkehr der Helden. Überreichung des Stadtschlüssels. Eine Parade. Militärkapellen. Festwagen voller Weiber.«

»Weiber«, brummte Leon. »Du hast nur das eine im Kopf.«

»Aber sowieso.« Parkhurst ging mit großen Schritten über das Feld, die anderen kamen hinterher. »Beeilung!«

»Schau mal«, sagte Stone zu Leon. »Da drüben. Die beobachten uns.«

»Kinder«, sagte Barton. »Ein paar Kinder.« Er lachte aufgeregt. »Kommt, wir sagen ihnen mal Hallo.«

Sie stapften durch das feuchte Gras der fetten Wiese auf die Kinder zu.

»Muß Frühling sein«, sagte Leon. »Die Luft riecht nach Frühling.« Er nahm einen tiefen Atemzug. »Das Gras auch.«

Stone rechnete nach. »Wir haben den neunten April.«

Sie gingen schneller. Die Kinder standen da und glotzten, stumm und reglos.

»He!« rief Parkhurst. »Wir sind wieder da!«

»Wie heißt denn diese Stadt hier?« rief Barton.

Die Kinder starrten sie mit großen Augen an.

»Stimmt was nicht?« sagte Leon leise.

»Unsere Bärte. Wir sehen ziemlich übel aus.« Stone legte die Hände trichterförmig um den Mund. »Habt keine Angst! Wir kommen zurück vom Mars. Der Raumflug. Vor zwei Jahren – wißt ihr noch? Letzten Oktober war es ein Jahr her.«

Die Kinder starrten, die Gesichter kreideweiß. Plötzlich wandten sie sich um und flohen. Völlig außer sich rannten sie auf die Stadt zu.

Die sechs Männer schauten ihnen nach.

»Was zum Teufel«, murmelte Parkhurst verstört. »Was ist denn los?«

»Unsere Bärte«, wiederholte Stone beklommen.

»Irgendwas stimmt hier nicht«, sagte Barton unsicher. Er begann zu zittern. »Irgendwas stimmt hier überhaupt nicht.«

»Schnauze!« bellte Leon. »Es sind die Bärte.« Wütend

riß er einen Fetzen Stoff von seinem Hemd ab. »Wir sind schmutzig. Dreckige Penner. Los jetzt, weiter.« Er folgte den Kindern in Richtung Stadt. »Kommt. Wahrscheinlich haben die schon ein Spezialfahrzeug losgeschickt. Gehen wir ihnen entgegen.«

Stone und Barton wechselten einen Blick. Dann gingen sie Leon langsam nach. Die anderen trotteten hinterher.

Schweigend und unbehaglich gingen die sechs bärtigen Männer querfeldein auf den Ort zu.

Ein radfahrender Jugendlicher floh, als sie näherkamen. Gleisarbeiter, die dabei waren, die Schienen zu reparieren, warfen die Schaufeln hin und rannten schreiend davon.

Wie betäubt blickten ihnen die sechs Männer hinterher.

»Was ist das bloß?« sagte Parkhurst leise.

Sie überquerten die Gleise. Auf der anderen Seite lag die Stadt. Sie betraten einen riesigen Eukalyptushain.

»Burlingame«, las Leon von einem Schild ab. Sie blickten eine Straße entlang. Hotels und Cafés. Geparkte Autos. Tankstellen. Billigläden. Ein kleiner Vorort, auf den Bürgersteigen Leute beim Einkaufen. Langsam fahrende Autos.

Sie traten zwischen den Bäumen hervor. Auf der anderen Straßenseite blickte ein Tankwart auf –

Und erstarrte.

Im nächsten Augenblick schmiß er seinen Schlauch hin und rannte, gellende Warnrufe ausstoßend, die Hauptstraße hinunter.

Autos bremsten scharf. Fahrer sprangen hinaus und suchten das Weite. Männer und Frauen quollen aus den Läden und rannten wild durcheinander. Sie drängelten und schubsten bei ihrem Rückzug in rasender Hast.

Im Nu lag die Straße verlassen da.

»Du guter Gott.« Verstört ging Stone ein paar Schritte weiter. »Was . . .« Er trat auf die Straße. Kein Mensch war zu sehen.

Benommen und stumm gingen die sechs Männer die Hauptstraße entlang. Nichts rührte sich. Alle waren geflohen. Das Steigen und Fallen einer heulenden Sirene. In einer Nebenstraße setzte ein Auto rasch zurück.

An einem Fenster oben sah Barton ein blasses, verängstigtes Gesicht. Dann wurde das Rollo nach unten gezerrt.

»Ich kapier das nicht«, murmelte Vecchi.

»Sind die übergeschnappt?« fragte Merriweather.

Stone sagte nichts. Sein Kopf war leer. Wie betäubt. Er war müde. Er setzte sich auf die Bordsteinkante, um zu verschnaufen. Die anderen standen um ihn rum.

»Mein Fußgelenk«, sagte Leon. Er lehnte sich gegen ein Stoppschild, sein Mund zuckte vor Schmerz. »Tut teuflisch weh.«

»Captain«, sagte Barton, »was haben die nur?«

»Ich weiß nicht«, sagte Stone. Er suchte in seiner zerschlissenen Tasche nach einer Zigarette. Auf der anderen Seite der Straße lag ein verlassenes Café. Die Leute darin waren alle weggelaufen. Auf der Theke stand noch Essen. In der Bratpfanne verkohlte ein Hamburger, in einer Glaskanne auf dem Kocher brodelte Kaffee.

Auf dem Bürgersteig quollen Lebensmittel aus den fallengelassenen Tüten schreckerfüllter Käufer. Der Motor eines im Stich gelassenen Autos tuckerte vor sich hin.

»Und?« sagte Leon. »Was machen wir?«

»Ich weiß es nicht.«

»Wir können doch nicht einfach – «

»Ich weiß es nicht.« Stone rappelte sich auf. Er ging über die Straße und betrat das Café. Sie sahen ihm zu, wie er sich an die Theke setzte.

»Was macht er denn?« fragte Vecchi.

»Ich weiß es nicht.« Parkhurst folgte Stone in das Café. »Was machen Sie denn?«

»Ich warte auf die Bedienung.«

Parkhurst zupfte unbeholfen an Stones Schulter herum. »Kommen Sie, Captain. Hier ist niemand. Die sind alle weg.«

Stone sagte nichts. Er saß an der Theke, sein Blick war leer. Apathisch wartete er auf die Bedienung.

Parkhurst ging wieder hinaus. »Was zum Teufel ist denn passiert?« fragte er Barton. »Was ist bloß in die Leute hier gefahren?«

Ein gefleckter Hund kam neugierig heran. Er lief an ihnen vorbei, angespannt, wachsam und mit mißtrauischem Schnüffeln. Er verzog sich in eine Nebenstraße.

»Gesichter«, sagte Barton.

»Gesichter?«

»Die beobachten uns. Da oben.« Barton deutete auf ein Gebäude. »Sie haben sich versteckt. *Warum?* Warum verstecken die sich vor uns?«

Plötzlich erstarrte Merriweather. »Da kommt was.«

Erwartungsvoll drehten sie sich um.

Ein Stück weit entfernt bogen zwei schwarze Limousinen in die Straße ein und kamen auf sie zugefahren.

»Gott sei Dank«, murmelte Leon. Er lehnte sich gegen eine Hauswand. »Da sind sie endlich.«

Die Türen sprangen auf. Männer stürzten heraus und umstellten sie schweigend. Gut gekleidet. Krawatten und Hüte und lange graue Mäntel.

»Ich heiße Scanlan«, sagte einer. »FBI.« Ein älterer Mann mit stahlgrauem Haar. Er sprach abgehackt und eisig. Er musterte die fünf eindringlich. »Wo ist der andere?« Barton zeigte auf das Café.

»Holt ihn raus.«

Barton ging in das Café. »Captain, die sind draußen. Kommen Sie.«

Stone trat mit ihm hinaus auf den Bürgersteig. »Was sind das für Männer, Barton?« fragte er stockend.

»Sechs«, sagte Scanlan mit einem Nicken. Er gab seinen Männern ein Zeichen. »Okay. Das wär's.«

Die FBI-Männer rückten vor und drängten sie gegen die Backsteinmauer des Cafés.

»Halt!« rief Barton mit belegter Stimme. Ihm schwirrte der Kopf. »Was – was ist denn los?«

»Was soll das?« fragte Parkhurst flehentlich. Seine Wangen waren tränenverschmiert. »Sagt uns doch um Gottes willen – «

Die FBI-Leute hatten Waffen. Sie holten sie heraus. Vecchi wich mit erhobenen Händen zurück. »Bitte!« jammerte er. »Was haben wir getan? Was ist denn los?«

Plötzlich flackerte Hoffnung auf in Leons Brust. »Die wissen nicht, wer wir sind. Die halten uns für Rote.« Er wandte sich an Scanlan. »Wir sind die Erde-Mars-Expedition. Ich heiße Leon. Erinnern Sie sich? Letzten Oktober vor einem Jahr. Wir sind *zurückgekommen*. Wir sind zurück vom Mars.« Seine Stimme versagte. Die Waffen wurden in Anschlag gebracht. Spritzdüsen – Schläuche und Druckbehälter.

»Wir sind zurück!« krächzte Merriweather. »Wir sind zurückgekehrt von der Erde-Mars-Expedition.«

Scanlans Gesicht war ausdruckslos. »Klingt prima«, sagte er kalt. »Außer daß das Schiff bei der Landung auf dem Mars abgestürzt und explodiert ist. Von der Mannschaft hat keiner überlebt. Das wissen wir, weil wir einen Roboter-Suchtrupp hingeschickt und die Leichen zurückgeholt haben – alle sechs.«

Die FBI-Leute feuerten. Loderndes Napalm spritzte den sechs bärtigen Gestalten entgegen. Sie wichen zurück, doch dann wurden sie von den Flammen erfaßt. Die FBI-Leute sahen noch, wie die Gestalten Feuer fingen, dann wurde ihnen die Sicht abgeschnitten. Sehen konnten sie die sechs um sich schlagenden Gestalten nicht mehr, aber hören. Was sie hörten, war wenig erfreulich, aber sie blieben da, warteten und paßten auf.

Scanlan stieß mit dem Fuß gegen die verkohlten Überreste. »Schwer zu sagen«, meinte er. »Vielleicht sind das hier bloß fünf . . . andererseits habe ich keinen abhauen sehen. Die hatten gar nicht die Zeit dazu.« Unter dem Druck seines Fußes hatte sich ein Brocken Asche gelöst; er zerfiel in immer noch dampfende und brodelnde Partikel.

Sein Kollege Wilks starrte vor sich auf den Boden. Er war neu dabei und konnte kaum fassen, was das Napalm angerichtet hatte. »Ich – « setzte er an. »Ich geh mal besser zum Wagen zurück«, murmelte er, von Scanlan abrückend.

»Es ist nicht gesagt, daß das schon alles war«, sagte Scanlan; dann bemerkte er den Gesichtsausdruck des Jüngeren. »Ja«, sagte er, «setzen Sie sich erst mal.«

Tröpfchenweise begannen sich Leute auf die Bürgersteige zu wagen. Spähten ängstlich aus Eingängen und Fenstern.

»Sie haben sie erwischt!« schrie ein Junge ganz aufgeregt. »Sie haben die Spione aus dem All erwischt!«

Fotografen knipsten drauflos. Von allen Seiten drängten Neugierige herbei, ihre Gesichter waren blaß, und die Augen traten ihnen vor den Kopf. Staunend begafften sie den formlosen verkohlten Haufen Asche.

Mit zitternden Händen kroch Wilks zurück in den Wagen und zog die Tür hinter sich zu. Das Funkgerät schnarrte, er drehte es ab, wollte weder etwas hören, noch etwas sagen. Am Eingang zum Café standen immer noch die FBI-Leute in ihren grauen Mänteln und berieten sich mit Scanlan. Kurz darauf liefen ein paar von ihnen los, um das Café herum und in die Seitenstraße hinein. Wilks sah ihnen nach. Was für ein Alptraum, dachte er.

Scanlan kam herüber, beugte sich herunter und steckte seinen Kopf ins Auto. »Geht's wieder?«

»Einigermaßen.« Gleich darauf fragte er: »Was war das jetzt – das zweiundzwanzigste Mal?«

Scanlan sagte: »Das einundzwanzigste. Alle paar Monate ... die gleichen Namen, die gleichen Männer. Ich will Ihnen nicht weismachen, daß Sie sich dran gewöhnen werden. Aber wenigstens ist es dann keine Überraschung mehr.«

»Ich kann keinen Unterschied erkennen zwischen denen und uns«, sagte Wilks klipp und klar. »Es war, als würde man sechs Menschen verbrennen.«

»Nein«, sagte Scanlan. Er öffnete die Wagentür und setzte sich hinter Wilks auf den Rücksitz. »Die sahen nur aus wie sechs Menschen. Genau das ist es ja. Das wollen die so. Das ist ihre Absicht. Aber Sie wissen ja, daß Barton, Stone und Leon – «

»Weiß ich«, sagte Wilks. »Irgendwer oder irgendwas, das irgendwo da draußen lebt, hat gesehen, wie das Schiff abstürzte, hat sie sterben sehen und Nachforschungen angestellt. Noch bevor wir dort hingekommen sind. Und hat offenbar genug herausgefunden, genug, um sie so hinzukriegen, wie sie sein müssen. Aber – « Er gestikulierte. »Können wir denn nichts anderes mit ihnen machen?«

Scanlan sagte: »Wir wissen nicht genug über sie. Nur, daß sie uns diese Nachbildungen schicken, immer und immer wieder. Versuchen, die an uns vorbeizuschmuggeln.« Sein Ausdruck wurde starr, verzweifelt. »Sind die verrückt? Vielleicht sind die so anders, daß gar kein

Kontakt möglich ist. Glauben die vielleicht, wir alle heißen Leon und Merriweather und Parkhurst und Stone? Das ist der Teil, der mich persönlich wirklich fertigmacht ... Andererseits liegt vielleicht genau da unsere Chance, daß die nicht kapieren, daß wir individuelle Wesen sind. Stellen Sie sich mal vor, wieviel schlimmer das alles noch wäre, wenn die sich eines Tages so ein – was immer das ist ... eine Spore, einen Samen einfallen ließen. Bloß diesmal nicht wie einen der sechs armen Teufel, die auf dem Mars gestorben sind – sondern etwas, das wir nicht als Nachbildung erkennen würden ...«

»Die brauchen eine Vorlage«, sagte Wilks.

Einer der FBI-Leute winkte, und Scanlan kletterte aus dem Auto. Einen Augenblick später kam er zu Wilks zurück. »Sie sagen, es sind nur fünf«, sagte er. »Einer ist davongekommen; sie glauben, ihn gesehen zu haben. Er ist angeschlagen und kommt nicht schnell voran. Wir gehen ihm mal nach – Sie bleiben hier und halten die Augen offen.« Er machte sich mit den anderen FBI-Männern durch die Seitenstraße davon.

Wilks zündete sich eine Zigarette an und saß da, den Kopf auf den Arm gestützt. Mimikry ... alle waren außer sich vor Panik. Aber –

Hatte überhaupt jemand ernsthaft versucht, Kontakt aufzunehmen?

Zwei Polizisten tauchten auf und drängten die Gaffer zurück. Ein dritter schwarzer Dodge voller FBI-Leute fuhr am Bordstein entlang, hielt, und die Männer stiegen aus.

Ein FBI-Mann, den Wilks nicht kannte, kam auf das Auto zu. »Haben Sie Ihr Funkgerät nicht eingeschaltet?«

»Nein«, sagte Wilks. Er knipste es wieder an.

»Falls Sie eins sehen, wissen Sie, wie man es tötet?«

»Ja«, sagte er.

Der FBI-Mann schloß sich seiner Gruppe an.

Wenn ich das Sagen hätte, fragte sich Wilks, was würde ich tun? Herauszufinden versuchen, was sie wollen? Was so menschlich aussieht, sich so wie ein Mensch verhält, muß doch auch wie ein Mensch *empfinden*... und wenn die – was immer sie sind – wie Menschen empfinden, könnten sie dann nicht zu Menschen werden mit der Zeit?

Vom Rand der Zuschauermenge löste sich eine einzelne Gestalt und bewegte sich auf ihn zu. Unsicher innehaltend schüttelte die Gestalt den Kopf, taumelte, fing sich wieder und nahm dann die gleiche Haltung an wie die Menschen in der Nähe. Wilks erkannte das Wesen, weil er monatelang dazu ausgebildet worden war. Es hatte sich andere Kleider beschafft, eine Hose, ein Hemd, doch hatte es das Hemd falsch zugeknöpft, und sein einer Fuß war nackt. Schuhe waren offensichtlich etwas, was es nicht begriff. Oder, so überlegte er, vielleicht war es einfach zu benommen und zu schwer verletzt.

Als es auf ihn zukam, hob Wilks seine Pistole und zielte auf den Bauch. Man hatte ihnen beigebracht, darauf zu feuern; und auf dem Schießstand hatte er darauf gefeuert, Schaubild um Schaubild. Genau in die Mitte des Körpers... es mitten durchtrennen wie ein Insekt.

Der Ausdruck von Leid und Verstörung auf dem Gesicht des Wesens vertiefte sich noch, als es sah, wie Wilks anlegte. Es hielt inne, ihm zugewandt, und machte keinerlei Anstalten zu fliehen. Jetzt wurde Wilks klar, daß es schwere Verbrennungen erlitten hatte; wahrscheinlich würde es ohnehin nicht überleben.

»Ich muß es tun«, sagte er.

Es blickte ihn an, und dann öffnete es den Mund und wollte etwas sagen.

Er schoß.

Bevor es etwas sagen konnte, war es tot. Wilks stieg aus, als es hinschlug und neben dem Wagen liegenblieb.

Das war falsch von mir, dachte er, als er auf es hinunterblickte. Ich habe es erschossen, weil ich Angst bekam. Aber ich mußte es tun. Auch wenn das falsch war. Es war hergekommen, um uns zu unterwandern, hat uns nachgeahmt, damit wir es nicht erkennen. So jedenfalls hat man uns das beigebracht – wir müssen glauben, daß die sich gegen uns verschworen haben, nicht menschlich sind und auch nie was anderes sein werden.

Gott sei Dank, dachte er. Es ist vorbei.

Und dann fiel ihm ein, daß dem nicht so war ...

***

Es war ein warmer Sommertag Ende Juli.

Das Schiff landete mit Getöse, bohrte sich durch einen gepflügten Acker, barst durch einen Zaun und einen Schuppen und kam schließlich in einer Rinne zur Ruhe.

Stille.

Parkhurst kam unsicher auf die Beine. Er faßte nach der Haltestange. Seine Schulter schmerzte. Er schüttelte benommen den Kopf.

»Wir sind unten«, sagte er. Und, vor Ergriffenheit und Aufregung lauter werdend: »Wir sind unten!«

»Helft mir auf«, keuchte Captain Stone. Barton griff ihm unter die Arme.

Leon wischte sich im Sitzen etwas Blut vom Hals. Das Innere des Schiffs bot ein Bild der Verwüstung. Der größte Teil der Ausrüstung war kaputt und durch den Raum verstreut.

Schwankend tappte Vecchi bis zur Luke. Mit zitternden Fingern machte er sich an der Verriegelung zu schaffen.

»So«, sagte Barton, »wir sind wieder da.«

»Ich kann's kaum glauben«, sagte Merriweather leise. Die Verriegelung hatte sich gelöst, hastig stießen sie die Luke auf. »Ist das die Möglichkeit! Die gute alte Erde!«

»He, hört mal«, keuchte Leon, während er auf den Boden kletterte. »Soll einer noch die Kamera mit rausbringen.«

»Das ist doch albern«, sagte Barton lachend.

»Her damit!« brüllte Stone.

»Ja, her damit«, sagte Merriweather. »So war's doch abgemacht, falls wir zurückkommen sollten. Ein historisches Dokument, für die Schulbücher.«

Vecchi wühlte in den Trümmern herum. »Die hat ganz schön was abgekriegt«, sagte er. Er hielt die verbeulte Kamera hoch.

»Vielleicht tut sie's ja trotzdem noch«, sagte Parkhurst, keuchend vor Anstrengung, als er Leon ins Freie folgte. »Wie sollen wir da alle sechs mit draufkommen? Einer muß doch den Auslöser drücken?«

»Die hat einen Selbstauslöser«, sagte Stone, nahm die Kamera und stellte sie ein. »Alle Mann hingestanden.« Er drückte einen Knopf und gesellte sich zu den anderen.

Die sechs bärtigen, abgerissenen Männer standen vor ihrem zerstörten Raumschiff, während die Kamera tickte. Sie blickten hinaus in die grüne Landschaft, ergriffen und mit einem Mal still. Sie sahen einander an, und ihre Augen leuchteten.

»Wir sind wieder da!« rief Stone. »Wir sind wieder da!«

Erinnerungen en gros

Er wachte auf – und wollte den Mars. Die Täler, dachte er. Wie wäre es wohl, darin herumzuwandern? Toll, und noch toller: Der Traum wuchs, als er völlig zu sich kam, der Traum und das Verlangen. Er spürte beinahe, wie sie ihn umhüllte, die andere Welt, die nur Regierungsagenten und hohe Beamte gesehen hatten. Doch ein kleiner Angestellter wie er? Wohl kaum.

»Stehst du jetzt auf oder nicht?« fragte seine Frau Kirsten verschlafen, mit dem gewohnten Hauch herber Verdrossenheit. »Wenn ja, drück den Knopf für heißen Kaffee an diesem Mistherd.«

»Okay«, sagte Douglas Quail und ging barfuß vom Schlafzimmer ihrer Eigenwohn in die Küche. Dort setzte er sich, nachdem er pflichtschuldig den Knopf für heißen Kaffee gedrückt hatte, an den Küchentisch und holte eine kleine, gelbe Büchse erstklassigen Dean-Swift-Schnupftabaks hervor. Er inhalierte kräftig, und die Beau-Nash-Mischung biß in der Nase, brannte auf dem Gaumen. Trotzdem inhalierte er weiter; das machte ihn wach und gestattete seinen Träumen, seinen nächtlichen Sehnsüchten und ziellosen Wünschen, sich zu einem Anschein von Vernünftigkeit zu verdichten.

Ich flieg da hin, sagte er sich. *Ehe ich sterbe, werde ich den Mars sehen.*

Das war selbstverständlich unmöglich, und das wußte er sogar beim Träumen. Doch das Tageslicht, ein so prosaisches Geräusch wie das, mit welchem seine Frau sich eben vor dem Schlafzimmerspiegel die Haare bürstete – alles verschwor sich, um ihn daran zu erinnern, was er war. *Ein mieser kleiner Gehaltsempfänger,* sagte er sich verbittert. Kirsten erinnerte ihn mindestens einmal am Tag daran, und er konnte es ihr nicht einmal verübeln; es war die Aufgabe einer Frau, ihren Mann auf den Erdboden zurückzuholen. *Auf den Erdboden,* dachte er und lachte. Diese Redewendung paßte buchstäblich.

»Was hast du denn zu kichern?« fragte seine Frau, als sie in die Küche gerauscht kam; ihr langer grellrosa gemusterter Morgenrock wedelte hinter ihr her. »Ich wette, es ist ein Traum. Du hast den Kopf ja immer voll davon.«

»Ja«, sagte er und blickte aus dem Küchenfenster auf die Luftkissenautos und Fahrrinnen und die ganzen energischen kleinen Leute, die zur Arbeit hetzten. Gleich würde auch er mit dabeisein. Wie immer.

»Ich könnte wetten, es hatte mit irgendeiner Frau zu tun«, sagte Kirsten vernichtend.

»Nein«, sagte er. »Mit einem Gott. Dem Kriegsgott. Er hat wundervolle Krater, in deren Tiefen alle Arten von Pflanzen wachsen.«

»Hör mal.« Kirsten hockte sich neben ihn, und ihr Ton war ernst; die Härte war vorübergehend aus ihrer Stimme verschwunden. »Auf dem Meeresgrund – unserem Meeresgrund – ist es sehr viel, unendlich viel schöner. Das weißt du doch, das weiß doch jeder. Miete für uns beide einen Satz Kunstkiemen, nimm dir eine Woche frei, und wir können runtertauchen und da unten in einem dieser Aquacenter wohnen; die sind ja das ganze Jahr auf. Und außerdem – « Sie brach ab. »Du hörst mir gar nicht zu. Solltest du aber. Da gibt es was viel Besseres als deine Zwänge, deine Mars-Besessenheit, und du hörst noch nicht mal zu!« Ihre Stimme wurde laut und durchdringend. »Himmelherrgott, bei dir ist alles umsonst, Doug! Was soll bloß aus dir werden?«

»Ich geh zur Arbeit«, sagte er und stand auf; das Frühstück war gestrichen. »*Das* soll aus mir werden.«

Sie schaute ihn scharf an. »Du wirst immer schlimmer. Von Tag zu Tag fanatischer. Wo soll das bloß hinführen?«

»Zum Mars«, sagte er und machte die Schranktür auf, um ein frisches Arbeitshemd herauszuholen.

Nachdem er aus dem Taxi gestiegen war, ging Douglas Quail langsam durch drei dichtbevölkerte Laufrinnen bis zu dem modernen, verlockend einladenden Portal. Dort blieb er stehen, behinderte so den Vormittagsverkehr, und las bedächtig das wechselfarbige Neonschild. Er hatte dieses Schild früher schon studiert . . . aber noch nie war er so nahe dran gewesen. Das war ein großer Unterschied; was er jetzt tat, war etwas ganz anderes. Etwas, das passieren mußte früher oder später.

Endsinn AG

War das die Lösung? Schließlich blieb eine Illusion, wie überzeugend sie auch sein mochte, doch nur eine Illusion. Objektiv gesehen zumindest. Subjektiv gesehen allerdings – so ziemlich das genaue Gegenteil.

Und ohnehin hatte er einen Termin. In weniger als fünf Minuten.

Er nahm einen tiefen Zug leicht smogverseuchter Chicagoer Luft und ging durch den blendenden, polychromschimmernden Eingang hinein zum Empfang.

Die schön gegliederte Blondine hinter dem Pult, barbusig und wie aus dem Ei gepellt, sagte freundlich: »Guten Morgen, Mr. Quail.«

»Ja«, sagte er. »Ich wollte mich wegen einer Endsinn-Reise erkundigen. Ich nehme an, Sie wissen Bescheid.«

»Nicht ›Endsinn‹, sondern ›Ent*sinn*‹«, verbesserte ihn

die Empfangsdame. Sie nahm den Hörer des Videofons neben ihrem geschmeidigen Ellbogen ab und sprach hinein: »Mr. Douglas Quail ist da, Mr. McClane. Kann er jetzt reinkommen? Oder ist es noch zu früh?«

»Dis metma mom-mom momp«, grummelte das Videofon.

»Ja, Mr. Quail«, sagte sie. »Sie können reingehen; Mr. McClane erwartet Sie.« Als er zögernd losmarschierte, rief sie ihm nach: »Zimmer D, Mr. Quail. Rechter Hand.«

Nach einem entmutigenden, aber kurzen Moment des Verirrtseins fand er das richtige Zimmer. Die Tür stand offen, und drinnen an einem riesigen echten Nußbaumschreibtisch saß ein freundlich aussehender Mann mittleren Alters in einem grauen Marsfroschhaut-Anzug nach neuester Mode; schon an der Kleidung hätte Quail erkennen können, daß er an den Richtigen geraten war.

»Setzen Sie sich, Douglas«, sagte McClane und wies mit seiner fleischigen Hand auf einen Stuhl vor dem Schreibtisch. »Sie möchten also zum Mars geflogen sein. Sehr schön.«

Quail setzte sich mit einem Gefühl der Angespanntheit. »Ich weiß nicht so recht, ob die Sache ihren Preis wert ist«, sagte er. »Es kostet eine ganze Menge, und soweit ich sehe, krieg ich eigentlich nichts dafür.« *Es kostet fast soviel wie richtig hinfliegen*, dachte er.

»Sie bekommen greifbare Beweise für Ihren Trip«, widersprach McClane emphatisch. »So viele Beweise, wie Sie brauchen. Hier; ich zeig's Ihnen.« Er wühlte in einer Schublade seines beeindruckenden Schreibtischs. »Abriß des Flugtickets.« Er griff in eine Mappe aus braunem Karton und holte ein kleines quadratisches Stück geprägter Pappe hervor. »Das ist der Beweis dafür, daß Sie dort waren – und zurückgekehrt sind. Postkarten.« Er breitete vier frankierte 3-D-Farbpostkarten, eine schön ordentlich neben der anderen, auf dem Schreibtisch aus, so daß Quail sie sich ansehen konnte. »Filme. Sehenswürdigkeiten, die Sie mit einer gemieteten Mobilkamera auf dem Mars aufgenommen haben.« Auch diese legte er Quail vor. »Dazu die Namen von Leuten, die Sie dort kennengelernt haben, Souvenirs im Wert von zweihundert Creds, die binnen der nächsten vier Wochen – direkt vom Mars – bei Ihnen eintreffen werden. Dann Paß, Bescheinigung über die Impfungen, die Sie erhalten haben. Und vieles mehr.« Er blickte auf und sah Quail scharf an. »Sie werden schon sehen, daß Sie da waren«, sagte er. »Sie werden sich nicht an uns erinnern, weder an mich noch daran, daß Sie je hier gewesen sind. Sie haben einen echten Trip im Kopf; dafür garantieren wir. Zwei volle Wochen Entsinn; bis ins letzte lumpige Detail. Vergessen Sie nicht: Wenn Sie auch nur einen Moment daran zweifeln, einen ausgedehnten Trip zum Mars unternommen zu haben, können Sie hierher zurückkommen und kriegen Ihr Geld in voller Höhe zurückerstattet. Ist das klar?«

»Aber ich bin doch nicht geflogen«, sagte Quail. »Ich werde nicht geflogen sein, egal mit welchen Beweisen Sie mich ausstatten.« Er tat einen tiefen, bebenden Atemzug. »Und ich bin nie Geheimagent bei Interplan gewesen.« Er hielt es für unmöglich, daß das extrafaktische Erinnerungs-Transplantat der Endsinn AG funktionieren würde – trotz allem, was ihm zu Ohren gekommen war.

»Mr. Quail«, sagte McClane geduldig. »Sie haben uns in Ihrem Brief erklärt, Sie hätten keine Chance, nicht die geringste Möglichkeit, jemals wirklich zum Mars zu gelangen; Sie können sich das nicht leisten, und, was viel wichtiger ist, Ihnen fehlt schlicht die Qualifikation, um als Undercover-Agent für Interplan oder sonst jemanden zu arbeiten. Das hier ist die einzige Möglichkeit, wie Sie Ihren, ähem, Lebenstraum verwirklichen können; hab ich nicht recht, Sir? Sie können nicht sein, was Sie eigentlich möchten; Sie können es nicht wirklich tun.« Er gluckste. »Aber Sie können es *gewesen sein* und *getan haben*. Das besorgen wir für Sie. Und unser Preis ist angemessen; keinerlei verdeckte Zusatzkosten.« Er lächelte aufmunternd.

»Ist eine extrafaktische Erinnerung denn so überzeugend?« fragte Quail.

»Überzeugender als die echte, Sir. Wären Sie wirklich als Interplan-Agent zum Mars geflogen, hätten Sie mittlerweile eine ganze Menge vergessen; unsere Analyse von Echt-Memo-Systemen – authentischen Erinnerungen an wichtige Ereignisse im Leben einer Versuchsperson – hat ergeben, daß der Versuchsperson sehr schnell eine Vielzahl von Details abhanden kommt. Für immer. Zu unserem Angebotspaket gehört daher eine so tiefe Implantation von Entsinn, daß Sie nichts davon vergessen. Das Datenpaket, das Ihnen eingegeben wird, während Sie im Koma liegen, ist das Werk erfahrener Experten, Menschen, die jahrelang auf dem Mars gewesen sind; in jedem Einzelfall werden die Details von uns bis auf die letzte Kleinigkeit verifiziert. Und Sie haben sich ein ziemlich leichtes extrafaktisches System ausgesucht; hätten Sie sich Pluto ausgesucht oder Kaiser des Inneren Planetenbundes werden wollen, hätten wir viel größere Schwierigkeiten . . . und die Kosten wären erheblich höher.«

Quail griff in die Manteltasche, um seine Brieftasche hervorzuholen, und sagte: »Okay. Ich habe mein Leben lang diesen Ehrgeiz gehabt, und so wie's aussieht, werd ich's wohl nie schaffen. Ich werd mich also wohl hiermit begnügen müssen.«

»So dürfen Sie das nicht sehen«, sagte McClane streng.

»Sie geben sich nicht mit etwas Minderwertigem zufrieden. Die tatsächliche Erinnerung, mit all ihren Unschärfen, Auslassungen und Ellipsen, um nicht zu sagen Verzerrungen – die ist minderwertig.« Er nahm das Geld entgegen und drückte auf einen Knopf an seinem Schreibtisch. »Also dann, Mr. Quail«, sagte er, als die Bürotür aufging und zwei stämmige Männer schnellen Schrittes hereinkamen. »Sie sind als Geheimagent unterwegs zum Mars.« Er stand auf und kam herüber, um Quails vor Nervosität feuchte Hand zu schütteln. »Oder vielmehr: Sie sind unterwegs gewesen. Heute nachmittag um halb fünf werden Sie, ähm, wieder auf Terra eintreffen; ein Taxi wird Sie bei Ihrer Eigenwohn absetzen, und Sie können sich dann, wie gesagt, nicht mehr erinnern, daß Sie mich getroffen haben oder daß Sie hierher gekommen sind; genaugenommen werden Sie sich nicht erinnern, überhaupt je von uns gehört zu haben.«

Mit vor Nervosität trockenem Mund folgte Quail den beiden Technikern hinaus aus dem Büro; was als nächstes passierte, hing ganz von ihnen ab.

Ob ich wirklich glauben werde, daß ich auf dem Mars gewesen bin? überlegte er. *Daß ich es geschafft habe, mir meinen Lebenswunsch zu erfüllen?* Er hatte eine seltsame, hartnäckige Ahnung, daß etwas schiefgehen würde. Aber was genau – wußte er nicht.

Er mußte abwarten, um es herauszufinden.

Die Sprechanlage auf McClanes Schreibtisch, die ihn mit dem Arbeitsbereich der Firma verband, summte, und eine Stimme sagte: »Mr. Quail liegt jetzt in der Narkose, Sir. Möchten Sie die Sache supervisieren, oder sollen wir weitermachen?«

»Reine Routine«, bemerkte McClane. »Sie können weitermachen, Lowe; ich glaube nicht, daß Sie auf irgendwelche Schwierigkeiten stoßen werden.« Die Programmierung einer künstlichen Erinnerung an einen Flug zu einem anderen Planeten – ob mit oder ohne den kleinen Zusatz, Geheimagent gewesen zu sein – tauchte mit monotoner Regelmäßigkeit in den Auftragslisten der Firma auf. *Pro Monat*, kalkulierte er sarkastisch, *machen wir das mindestens zwanzigmal ... interplanetare Pseudoreisen – damit verdienen wir unsere Brötchen.*

»Ganz wie Sie wollen, Mr. McClane«, kam Lowes Stimme zurück, und daraufhin schaltete die Sprechanlage ab.

McClane betrat den Tresorteil der Kammer hinter seinem Büro und suchte nach einem Paket Nummer 3 – Flug zum Mars – und einem Paket Nummer 62: geheimer Interplanspion. Nachdem er die beiden Pakete gefunden hatte, ging er damit an seinen Schreibtisch zurück, machte es sich bequem und schüttete den Inhalt aus – Waren, die in Quails Eigenwohn praktiziert würden, während die Labortechniker damit beschäftigt waren, ihm falsche Erinnerungen einzubauen.

Eine Schleicherwaffe im Wert von einem Cred, überlegte McClane; *das ist der größte Posten. Das kostet uns am meisten.* Dann ein Transmitter von der Größe einer Pille, den der Agent im Falle der Enttarnung verschlukken konnte. Ein Codebuch, das dem echten erstaunlich ähnlich sah ... die Nachbildungen der Firma waren höchst exakt; sie basierten, soweit möglich, auf authentischem US-Militärmaterial. Seltsamer Krimskrams, der für sich genommen keinen Sinn ergab, jedoch in Kette und Schuß von Quails imaginärer Reise verwoben werden und mit seiner Erinnerung übereinstimmen würde: die Hälfte eines alten Fünfzig-Cent-Stücks aus Silber, mehrere verfälschte Zitate aus John Donnes Predigten, jedes auf einem anderen Stück hauchzarten Transparentpapiers, mehrere Streichholzbriefchen aus Marskneipen, ein Löffel aus rostfreiem Stahl mit der Gravur EIGENTUM DER MARSKUPPEL-VOLKSKIBBUZIM, eine Abhörspule, die –

Die Sprechanlage summte. »Mr. McClane, bitte entschuldigen Sie die Störung, aber hier ist was ziemlich Ungutes passiert. Vielleicht wäre es besser, wenn Sie doch noch hier rüberkommen. Quail liegt schon in der Narkose; auf das Narkidrin hat er gut angesprochen; er ist völlig bewußtlos und aufnahmefähig. Aber – «

»Bin gleich da.« Mit einer bösen Vorahnung ging McClane aus seinem Büro; einen Augenblick später tauchte er im Arbeitsbereich auf.

Auf einem Hygienebett lag Douglas Quail und atmete langsam und regelmäßig; die Augen hatte er praktisch geschlossen; er schien die beiden Techniker und jetzt auch McClane undeutlich – aber wirklich nur sehr undeutlich – wahrzunehmen.

»Kein Platz für falsche Erinnerungsmuster, was?« McClane war verärgert. »Schmeißen Sie einfach zwei Arbeitswochen raus; er ist Angestellter beim Auswanderungsamt für die Westküste, einer Regierungsbehörde, also hat er letztes Jahr bestimmt zwei Wochen Urlaub gehabt. Problem gelöst.« Nebensächlichkeiten nervten ihn. Immer schon – und auch in Zukunft.

»Unser Problem«, sagte Lowe spitz, »liegt etwas anders.« Er beugte sich über das Bett, sagte zu Quail: »Erzählen Sie Mr. McClane, was Sie uns erzählt haben.« Zu McClane sagte er: »Hören Sie gut zu.«

Die graugrünen Augen des Mannes, der rücklings auf dem Bett lag, hefteten sich auf McClanes Gesicht. Die Augen, bemerkte er mit Unbehagen, waren starr geworden; sie hatten etwas Poliertes, Anorganisches, wie geschliffene Halbedelsteine. Er war sich nicht sicher, ob ihm gefiel, was er da sah; der Glanz war zu kalt. »Was wollt ihr denn noch?« sagte Quail schroff. »Ihr habt mich auffliegen lassen. Haut ab hier, bevor ich euch alle auseinandernehm.« Er musterte McClane. »Sie ganz besonders«, fuhr er fort. »Sie sind der Anführer dieser Konteroperation.«

Lowe sagte: »Wie lange waren Sie auf dem Mars?«

»Einen Monat«, sagte Quail heiser.

»Und Ihr Auftrag dort?« wollte Lowe wissen.

Die hageren Lippen verzogen sich; Quail musterte ihn und sagte nichts. Schließlich, indem er jedes Wort vor Feindseligkeit triefen ließ, knautschte er hervor: »Agent für Interplan. Hab ich euch doch schon erzählt. Zeichnet ihr denn nicht alles auf, was gesprochen wird? Spielt eurem Boss euer AV-Tape vor, und laßt mich in Ruhe.« Dann schloß er die Augen; der starre Glanz verschwand. Augenblicklich spürte McClane einen Schwall der Erleichterung in sich hochsteigen.

Lowe sagte ruhig: »Der Mann ist hart im Nehmen, Mr. McClane.«

»Nicht mehr lange«, sagte McClane. »Wenn wir erst dafür gesorgt haben, daß seine Erinnerungskette ihm wieder entgleitet, ist er genauso zahm wie vorher.« Zu Quail sagte er: »*Deswegen* wollten Sie also so furchtbar dringend zum Mars.«

Ohne die Augen zu öffnen, sagte Quail: »Ich hab nie zum Mars gewollt. Ich bin dafür eingeteilt worden – die haben mir den Job aufgebrummt, und das war's dann: Ich blieb hängen. Ja, klar, ich geb zu, ich war neugierig; wer wär das nicht?« Er öffnete die Augen wieder und musterte die drei, insbesondere McClane. »Nette Wahrheitsdroge habt ihr da; die hat Sachen raufgeholt, an die ich mich absolut nicht erinnern konnte.« Er begann zu grübeln. »Wie ist das wohl mit Kirsten?« sagte er, halb zu sich selbst. »Ob sie da mit drinhängt? Eine Interplan-Kontaktperson, die mich im Auge behält . . . um sicherzugehen, daß ich mein Gedächtnis nicht wiedererlange? Kein Wunder, daß sie meinen Wunsch so lächerlich fand.« Er lächelte schwach; das Lächeln – ein Lächeln plötzlichen Verstehens, verschwand fast sofort wieder.

McClane sagte: »Bitte glauben Sie mir, Mr. Quail; wir sind ganz zufällig darüber gestolpert. Bei unserer Arbeit – «

»Ich glaub Ihnen«, sagte Quail. Er wirkte müde; die Droge zog ihn immer weiter herunter, tiefer und tiefer. »Was hab ich gesagt, wo ich gewesen bin?« murmelte er. »Auf dem Mars? Kann mich kaum dran erinnern – würd jedenfalls gern mal hinfliegen; würde wohl jeder. Aber ich – « Seine Stimme verlor sich. »Bloß n Angestellter, ne Null von nem Angestellten.«

Lowe richtete sich auf und sagte zu seinem Vorgesetzten: »Er möchte eine falsche Erinnerung eingepflanzt bekommen, die mit seinem tatsächlichen Trip übereinstimmt. Und einen vorgeschobenen Grund dafür, der der wahre Grund ist. Er sagt die Wahrheit; das Narkidrin hat ihn fest im Griff. Die Erinnerung an seinen Trip ist ziemlich lebhaft – in der Narkose zumindest. Aber sonst kann er sich scheinbar nicht daran erinnern. Irgendwo, wahrscheinlich in einem militärwissenschaftlichen Labor der Regierung, hat man seine bewußten Erinnerungen gelöscht; er wußte nur noch, daß zum Mars zu reisen für ihn von besonderer Bedeutung war, genau wie die Arbeit als Geheimagent. Das konnten sie nicht löschen; das ist nämlich keine Erinnerung, sondern ein Wunsch, zweifellos derselbe, der ihn damals bewogen hat, sich freiwillig für den Auftrag zu melden.«

Der andere Techniker, Keeler, sagte zu McClane: »Was sollen wir machen? Ein falsches Erinnerungsmuster über die echte Erinnerung montieren? Wir haben keine Ahnung, was dabei herauskommen würde; er könnte sich bruchstückhaft an den realen Trip erinnern, und die Vermengung der beiden Ebenen könnte eine psychotische Phase auslösen. Er müßte gleichzeitig zwei gegenteilige Prämissen im Kopf behalten: daß er zum Mars geflogen ist, und daß er nicht zum Mars geflogen ist. Daß er ein echter Interplan-Agent ist, und daß er kein echter Interplan-Agent ist, daß es nicht stimmt. Ich meine, wir sollten ihn ohne jede Transplantation von falschen Erinnerungen revitalisieren und nach Hause schicken; die Sache ist heiß.«

»Einverstanden«, sagte McClane. Ihm kam ein Gedanke. »Können Sie vorhersagen, woran er sich erinnern wird, wenn er aus der Narkose erwacht?«

»Unmöglich«, sagte Lowe. »Wahrscheinlich hat er jetzt eine dunkle, diffuse Erinnerung an seinen tatsächlichen Trip. Und bezüglich ihrer Echtheit wird er ernsthafte Zweifel hegen; er würde wahrscheinlich annehmen, daß uns beim Programmieren was verrutscht ist. Und er würde sich daran erinnern, daß er hierhergekommen ist; das würde nicht gelöscht – es sei denn, Sie möchten, daß es gelöscht wird.«

»Je weniger wir an dem Mann rumfummeln«, sagte McClane, »desto lieber ist mir das. Dummheiten können wir uns jetzt nicht leisten; es reicht, daß wir dumm genug waren – oder das Pech hatten –, einen echten Interplan-Spion zu enttarnen, dessen Tarnung so perfekt ist, daß bis dato nicht einmal er selbst gewußt hat, was er war – oder vielmehr ist.« Je eher sie den Mann loswurden, der sich Douglas Quail nannte, desto besser.

»Wollen Sie die Pakete 3 und 62 jetzt noch in seine Eigenwohn praktizieren?« sagte Lowe.

»Nein«, sagte McClane. »Und wir erstatten ihm die Hälfte der Gebühren zurück.«

»Die Hälfte! Wieso die Hälfte?«

McClane sagte lahm: »Das scheint mir ein guter Kompromiß zu sein.«

Als ihn das Taxi zu seiner Eigenwohn in der Wohnzone Chicagos zurückbrachte, sagte sich Douglas Quail: *Es ist wirklich prima, wieder auf Terra zu sein.*

Schon hatte die Erinnerung an seinen einmonatigen Aufenthalt auf dem Mars zu verblassen begonnen; er hatte lediglich ein vages Bild im Kopf von tiefen klaffenden Kratern, vom seit Urzeiten andauernden, allgegenwärtigen Abbau der Hügel, der Vitalität und der Bewegung selbst. Eine Welt des Staubs, in der wenig passierte, wo man einen Großteil des Tages damit verbrachte, wieder und wieder seine tragbare Sauerstoffquelle zu überprüfen. Und dann die Lebensformen, die anspruchslosen und bescheidenen graubraunen Kakteen und Madenwürmer.

Tatsächlich hatte er einige sterbende Exemplare marsianischer Fauna mit zurückgebracht; er hatte sie durch den Zoll geschmuggelt. Schließlich stellten sie keinerlei Bedrohung dar; in der schweren Erdatmosphäre konnten sie nicht überleben.

Er griff in seine Manteltasche und kramte nach dem Behälter mit den marsianischen Madenwürmern –

Und fand statt dessen einen Umschlag.

Als er ihn herauszog, entdeckte er zu seinem größten Erstaunen, daß er fünfhundertsiebzig Creds in kleinen Scheinen enthielt.

Wo hab ich das denn her? fragte er sich. *Hab ich auf dem Trip denn nicht meinen letzten Cred verjubelt?*

Bei dem Geld lag ein Zettel mit der Aufschrift: $1/2$ *Gebühr ret. Gez. McClane.* Und dann das Datum. Das heutige Datum.

»Entsinn«, sagte er laut.

»Wohin, Sir oder Madam?« erkundigte sich der Robot-Taxifahrer höflich.

»Haben Sie ein Telefonbuch?« fragte Quail.

»Selbstverständlich, Sir oder Madam.« Ein Schlitz öffnete sich; heraus glitt ein Mikrotape-Telefonbuch für Cook County.

»Das schreibt sich so komisch«, sagte Quail, während er das Branchenverzeichnis durchblätterte. Dann verspürte er Angst; Angst, die nicht wieder wegging. »Da ist es«, sagte er. »Bringen Sie mich dahin, zur Endsinn AG. Ich hab's mir überlegt; ich will nicht nach Hause.«

»Ja, Sir oder Madam, wie auch immer«, sagte der Fahrer. Einen Augenblick später raste das Taxi in die entgegengesetzte Richtung.

»Dürfte ich vielleicht Ihr Fon benutzen?« fragte er.

»Bitte sehr«, sagte der Robotfahrer. Und präsentierte ihm ein funkelnagelneues Imperator-3-D-Farbfon.

Er wählte die Nummer seiner Eigenwohn. Und sah sich nach kurzer Wartezeit mit einem winzigen, aber bedrückend realistischen Abbild Kirstens auf dem kleinen Bildschirm konfrontiert. »Ich war auf dem Mars«, sagte er zu ihr.

»Du bist betrunken.« Ihre Lippen verzogen sich verächtlich. »Oder Schlimmeres.«

»Ehrlich wahr.«

»Wann?« wollte sie wissen.

»Ich weiß nicht.« Er war verwirrt. »Ein simulierter Trip, nehm ich an. Bei einem von diesen künstlichen oder extrafaktischen oder sonstwie Erinnerungsläden. Er hat nicht angeschlagen.«

Kirsten sagte verächtlich: »Du *bist* betrunken.« Und brach die Verbindung ab. Er legte auf und spürte, wie ihm die Röte ins Gesicht stieg. *Immer der gleiche Ton,* sagte er sich verbittert. *Immer diese Antworten, als ob sie alles wüßte und ich nichts. Was ne Ehe, Jessas,* dachte er niedergeschlagen.

Einen Augenblick später hielt das Taxi am Straßenrand vor einem modernen, sehr einladenden kleinen rosa Gebäude, über dem ein wechselfarbiges Neonschild verkündete: ENDSINN AG.

Die Empfangsdame, schick und mit nacktem Oberkörper, fuhr überrascht zusammen, bekam sich dann aber meisterhaft in den Griff. »Oh, hallo, Mr. Quail«, sagte sie nervös. »W-wie geht's Ihnen? Haben Sie was vergessen?«

»Den Rest von meinem Geld«, sagte er.

Schon etwas gefaßter sagte die Empfangsdame jetzt: »Geld? Ich glaube, Sie irren sich, Mr. Quail. Sie sind hier gewesen, um sich nach den Bedingungen für einen extrafaktischen Trip zu erkundigen, aber – « Sie zuckte ihre geschmeidigen blassen Schultern. »Meines Wissens kam es zu keinem Trip.«

Quail sagte: »Ich erinnere mich an alles, Miss. An meinen Brief an die Endsinn AG, der diesen ganzen Mist in Gang gesetzt hat. Ich erinnere mich, wie ich hierhergekommen bin, an meinen Besuch bei Mr. McClane. Wie mich die beiden Labortechniker dann ins Schlepptau genommen und mir eine Droge verabreicht haben, um mich auszuschalten.« Kein Wunder, daß ihm die Firma die Hälfte der Gebühren zurückerstattet hatte. Die falsche Erinnerung an seinen »Trip zum Mars« hatte nicht angeschlagen – zumindest nicht richtig, nicht so, wie ihm versichert worden war.

»Mr. Quail«, sagte das Mädchen, »auch wenn Sie nur ein kleiner Angestellter sind, sind Sie doch ein gutaussehender Mann, und es steht Ihnen nicht gut, wenn Sie sich aufregen. Falls Ihnen das irgendwie hilft, dürfen Sie mich, ähem, vielleicht mal ausführen . . .«

Jetzt wurde er wirklich wütend. »Ich erinnere mich an

Sie«, sagte er aufbrausend. »Zum Beispiel die Tatsache, daß Ihre Brüste blau gespritzt sind; das ist mir im Gedächtnis hängengeblieben. Und ich erinnere mich an Mr. McClanes Versprechen, ich bekäme mein Geld in voller Höhe zurückerstattet, wenn ich mich an meinen Besuch bei der Endsinn AG erinnern könnte. Wo ist Mr. McClane?«

Nach einer – wahrscheinlich so lang wie möglich ausgedehnten – Wartezeit saß er erneut vor dem imposanten Nußbaumschreibtisch, genau wie eine gute Stunde zuvor.

»Tolle Technik haben Sie da«, sagte Quail sardonisch. Seine Enttäuschung – und sein Groll – waren mittlerweile enorm. »Meine sogenannte Erinnerung an einen Trip zum Mars als Undercover-Agent für Interplan ist verschwommen und vage und strotzt nur so von Widersprüchen. Und ich kann mich genau an meine Vereinbarungen mit euch Brüdern erinnern. Eigentlich sollte ich damit zum Büro für Bessere Beratung gehen.« Er kochte jetzt förmlich vor Wut; das Gefühl, betrogen worden zu sein, hatte ihn überwältigt, hatte seinen gewohnten Widerwillen gegen öffentliche Streitigkeiten zerstört.

McClane, der mürrisch und vorsichtig zugleich wirkte, sagte: »Wir kapitulieren, Quail. Wir werden Ihnen den Rest des Geldes zurückerstatten. Ich muß aufrichtig gestehen, daß wir bei Ihnen absolut nichts bewirkt haben.« Er klang resigniert.

Quail sagte vorwurfsvoll: »Sie haben mich noch nicht mal mit den verschiedenen Gegenständen versorgt, die mir angeblich ›beweisen‹ sollten, daß ich auf dem Mars gewesen bin. So ein Riesen-Tamtam – und was ist dabei rausgekommen? Nicht mal der Abriß eines Flugtickets. Auch keine Postkarten. Kein Paß. Weder eine Impfbescheinigung. Noch – «

»Hören Sie, Quail«, sagte McClane. »Angenommen, ich würde Ihnen sagen – « Er brach ab. »Vergessen Sie's.« Er drückte einen Knopf an seiner Sprechanlage. »Shirley, würden Sie bitte einen Barscheck in Höhe von fünfhundertundsiebzig Creds auf den Namen Douglas Quail ausstellen? Danke.« Er ließ den Knopf los und funkelte Quail böse an.

Bald darauf erschien der Scheck; die Empfangsdame legte ihn McClane hin und verschwand wieder; die beiden Männer, nun wieder allein, blickten einander weiterhin über die Platte des massiven Nußbaumschreibtischs hinweg an.

»Ich will Ihnen mal einen guten Rat geben«, sagte McClane, während er den Scheck unterzeichnete und ihn hinüberreichte. »Sprechen Sie mit niemandem über Ihren, ähem, Trip neulich zum Mars.«

»Welchen Trip?«

»Tja, genau das ist die Sache«, sagte McClane verbissen. »Der Trip, an den Sie sich teilweise erinnern. Tun Sie so, als ob Sie sich an nichts erinnern; als hätte er nie stattgefunden. Fragen Sie mich nicht, weshalb; beherzigen Sie einfach meinen Rat: das ist besser für uns alle.« Er war ins Schwitzen gekommen. Reichlich. »Also, Mr. Quail, ich hab auch noch was anderes zu tun, muß mich um andere Kunden kümmern.« Er stand auf, brachte Quail zur Tür.

Als er die Tür öffnete, sagte Quail: »Eine Firma, die so miserable Arbeit leistet, dürfte eigentlich überhaupt keine Kunden haben.« Dann machte er die Tür hinter sich zu.

Auf dem Heimweg im Taxi grübelte Quail über die Formulierung seines Beschwerdebriefes an das Büro für Bessere Beratung, Abteilung Terra. Sobald er an seiner Schreibmaschine saß, wollte er damit anfangen; es war eindeutig seine Pflicht, andere vor der Endsinn AG zu warnen.

Als er in seine Eigenwohn zurückkam, setzte er sich an seine tragbare Hermes Rocket, machte die Schubladen auf, um nach Kohlepapier zu kramen – und bemerkte eine kleine, vertraute Schachtel. Eine Schachtel, die er auf dem Mars vorsichtig mit marsianischer Fauna gefüllt und dann durch den Zoll geschmuggelt hatte.

Als er die Schachtel öffnete, sah er zu seiner Verblüffung sechs tote Madenwürmer und verschiedene Arten jener einzelligen Lebensform, von der sich die Marswürmer ernährten. Die Protozoen waren vertrocknet, verstaubt, aber er erkannte sie wieder; er hatte einen ganzen Tag zwischen den riesigen düsteren fremdartigen Felsbrocken herumgestochert, um sie zu finden. Eine wunderbare, aufschlußreiche Entdeckungsreise.

Aber ich war doch gar nicht auf dem Mars, fiel ihm da ein.

Andererseits –

Kirsten erschien in der Tür; sie umschlang einen Armvoll blaßbrauner Lebensmittel. »Was machst du denn um diese Zeit zu Hause?« Ihre Stimme, ewig gleich, klang vorwurfsvoll.

»*Bin ich auf dem Mars gewesen?*« fragte er sie. »Du müßtest das doch wissen.«

»Nein, du bist selbstverständlich nicht auf dem Mars gewesen; *du* müßtest das doch wissen, würde ich sagen. Liegst du mir damit denn nicht dauernd in den Ohren?«

Er sagte: »Bei Gott, ich hab das Gefühl, ich war da.« Und nach einer kurzen Pause fügte er hinzu: »Und gleichzeitig hab ich das Gefühl, ich war nicht da.«

»Dann entscheid dich.«

»Wie denn?« Er gestikulierte. »Beide Erinnerungsspuren sitzen fest in meinem Kopf, die eine ist echt, und die andere nicht, aber ich habe keine Ahnung, welche welche ist. Warum kann ich mich denn nicht auf dich verlassen? An dir haben sie doch nicht rumgebastelt.« So viel könnte sie doch wenigstens für ihn tun – wenn sie sonst schon nie etwas tat.

Mit kalter, kontrollierter Stimme sagte Kirsten: »Doug, wenn du dich nicht zusammenreißt, sind wir fertig miteinander. Ich verlasse dich.«

»Ich bin in Schwierigkeiten.« Seine Stimme klang rauh und heiser. Und zittrig. »Wahrscheinlich steh ich kurz vor einem psychotischen Anfall; ich hoffe nicht, aber – vielleicht ist es das. Es würde jedenfalls alles erklären.«

Kirsten setzte die Tüte mit den Lebensmitteln ab und stakste zum Schrank hinüber. »Ich habe keinen Spaß gemacht«, sagte sie ruhig zu ihm. Sie holte einen Mantel heraus, zog ihn an, ging zur Tür der Eigenwohn zurück. »Ich ruf dich die Tage irgendwann mal an«, sagte sie tonlos. »Tschüß, das war's dann, Doug. Ich hoffe, du kommst eines Tages raus aus dem Zeug, wünsch ich dir wirklich. Um deinetwillen.«

»Warte«, sagte er verzweifelt. »Sag's mir doch, ein für allemal; war ich nun da oder nicht – sag's mir.« *Aber womöglich haben sie deine Erinnerungsspur ja auch verändert*, dachte er.

Die Tür ging zu. Seine Frau war gegangen. Endgültig!

Hinter ihm sagte eine Stimme: »So, das wäre erledigt. Und jetzt nehmen Sie die Hände hoch, Quail. Und drehen Sie sich bitte um, und schauen Sie hierher.«

Er drehte sich instinktiv um, ohne die Hände zu heben.

Der Mann, der ihm gegenüberstand, trug die pflaumenblaue Uniform der Interplan-Polizeibehörde, und seine Kanone schien aus UN-Beständen zu stammen. Und aus irgendeinem seltsamen Grund kam er Quail bekannt vor; bekannt auf eine verschwommene, verzerrte Art, so daß er ihn nirgends einordnen konnte. Ruckartig hob er also die Hände.

»Sie erinnern sich«, sagte der Polizist, »an Ihren Trip zum Mars. Wir wissen alles, was Sie heute getan haben, und wir kennen all Ihre Gedanken – insbesondere die äußerst interessanten Gedanken auf der Rückfahrt von der Endsinn AG.« Er erklärte: »Wir haben einen Tele-Transmitter in Ihrem Schädel installiert; der hält uns ständig auf dem laufenden.«

Ein telepathischer Transmitter; kraft eines lebenden Plasmas, das auf Luna entdeckt worden war. Er schauderte vor Selbstekel. Das Ding lebte in ihm, in seinem eigenen Hirn, fraß, lauschte, fraß. Aber die Interplan-Polizei setzte sie ein; das hatte sogar in den Homöoblättern gestanden. Also stimmte es wahrscheinlich, so furchtbar es auch war.

»Warum ich?« sagte Quail heiser. Was hatte er getan – oder gedacht? Und was hatte das mit der Endsinn AG zu tun?

»Im Prinzip«, sagte der Interplan-Cop, »hat das nichts mit der Endsinn AG zu tun; das ist eine Sache zwischen Ihnen und uns.« Er tippte gegen sein rechtes Ohr. »Mit Hilfe Ihres Kephalotransmitters empfange ich nach wie vor Ihre mentationalen Vorgänge.« Quail sah einen kleinen Stöpsel aus Weißplastik im Ohr des Mannes. »Deshalb muß ich Sie warnen: Alles, was Sie denken, kann gegen Sie verwendet werden.« Er lächelte. »Nicht daß es jetzt noch sehr darauf ankäme; Sie haben sich bereits um Kopf und Kragen gedacht und geredet. Ärgerlich ist allerdings, daß Sie der Endsinn AG, den Technikern dort und dem Besitzer, Mr. McClane, unter dem Einfluß des Narkidrins von Ihrem Trip erzählt haben – wohin Sie geflogen sind, in wessen Auftrag, was Sie dort zum Teil getan haben. Die haben große Angst. Die hätten Sie am liebsten nie zu Gesicht bekommen.« Er fügte nachdenklich hinzu: »Und sie haben auch allen Grund dazu.«

Quail sagte: »Ich hab überhaupt keinen Trip gemacht. Das ist diese falsche Erinnerungskette, die McClanes Techniker mir nicht richtig eingepflanzt haben.« Aber dann dachte er an die Schachtel in seiner Schreibtischschublade, die die marsianischen Lebensformen enthielt. Und an die Mühen und Schwierigkeiten, die ihm das Sammeln bereitet hatte. Die Erinnerung schien echt. Und die Schachtel mit den Lebensformen; die war garantiert echt. Es sei denn, McClane hatte sie dorthin praktiziert. Vielleicht war das einer der »Beweise«, die ihm McClane so beredt angepriesen hatte.

Die Erinnerung an meinen Trip zum Mars, dachte er, *überzeugt mich nicht – aber leider hat sie die Interplan-Polizeibehörde überzeugt. Die glauben, ich sei wirklich auf dem Mars gewesen, und sie glauben, daß ich mir zumindest teilweise darüber im klaren bin.*

»Wir wissen nicht nur, daß Sie auf dem Mars gewesen sind«, pflichtete der Interplan-Cop auf seine Gedanken hin bei, »sondern wir wissen auch, daß Sie sich jetzt an soviel erinnern, daß es für uns schwierig wird. Und es hat keinen Sinn, Ihre bewußten Erinnerungen an all das auszulöschen; in diesem Fall tauchen Sie nämlich einfach wieder bei der Endsinn AG auf, und alles geht von vorne los. Und gegen McClane und seinen Betrieb können wir nichts unternehmen, da wir nur für unsere eigenen Leute zuständig sind. McClane hat ja ohnehin kein Verbrechen begangen.« Er musterte Quail: »Sie auch nicht, technisch gesehen. Sie haben sich ja nicht an die Endsinn AG gewandt, um Ihr Gedächtnis wiederzuerlangen; wir wissen, daß Sie aus dem üblichen Grund hingegangen sind – einem Hang zum Abenteuer, wie ihn öde Langweiler nun mal haben.« Er fügte hinzu: »Leider sind Sie aber weder öde noch ein Langweiler, und Sie haben in Ihrem Leben schon mehr als genug Nervenkitzel gehabt; das letzte im Universum, was Sie nötig hatten, war Nachhilfe von der Endsinn AG. Nichts hätte tödlicher sein können für Sie oder für uns. Und letztlich auch für McClane.«

Quail sagte: »Wieso wird es ›schwierig‹ für Sie, wenn ich mich an den Trip – meinen angeblichen Trip – und meinen Auftrag dort erinnere?«

»Weil sich das«, sagte der uniformierte Interplan-Bulle, »was Sie getan haben, nicht vereinbaren läßt mit unserem Image als großartige, makellose allbeschirmende väterliche Macht. Sie haben für uns das getan, was wir nie tun. Und im Moment stehen Sie kurz davor, sich daran zu erinnern – dank Narkidrin. Diese Schachtel mit den toten Würmern und den Algen liegt seit einem halben Jahr in Ihrer Schreibtischschublade, seit dem Tag, an dem Sie zurückgekommen sind. Und nie haben Sie auch nur das geringste Interesse dafür gezeigt. Wir haben nicht einmal gewußt, daß Sie sie hatten, bis Sie sich auf dem Heimweg von der Endsinn AG daran erinnert haben; da sind wir schleunigst hergekommen, um sie zu suchen.« Überflüssigerweise fügte er hinzu: »Ohne Erfolg; wir hatten nicht genug Zeit.«

Zu dem ersten Interplan-Cop stieß nun ein zweiter; die beiden berieten sich kurz. Inzwischen dachte Quail fieberhaft nach. Er konnte sich jetzt schon an mehr erinnern; was der Cop wegen des Narkidrins gesagt hatte, stimmte. Sie – Interplan – wandten es wahrscheinlich auch an. Wahrscheinlich? Er wußte verdammt gut, daß sie das taten; er hatte selbst gesehen, wie sie einen Gefangenen damit vollgepumpt hatten. Wo war das nur gewesen? Irgendwo auf Terra? Wohl eher auf Luna, beschloß er und betrachtete das Bild, das aus seiner höchst unvollständigen – sich jedoch immer rascher regenerierenden – Erinnerung aufstieg.

Und noch an etwas anderes erinnerte er sich. An den Grund, weshalb sie ihn zum Mars geschickt hatten; den Auftrag, den er ausgeführt hatte.

Kein Wunder, daß sie sein Gedächtnis ausgelöscht hatten.

»O Gott«, sagte der erste der beiden Interplan-Cops und brach die Unterhaltung mit seinem Begleiter ab. Offensichtlich hatte er Quails Gedanken aufgefangen. »Tja, jetzt stehen wir vor einem weitaus schlimmeren Problem; schlimmer geht's gar nicht.« Er ging auf Quail zu und hielt ihn erneut mit der Kanone in Schach. »Wir müssen Sie umbringen«, sagte er. »Und zwar sofort.«

Nervös sagte sein Partner: »Warum sofort? Können wir ihn nicht einfach zu Interplan New York rüberkarren, damit die – «

»*Er* weiß, warum das sofort erledigt werden muß«, sagte der erste Cop; auch er wirkte jetzt nervös, allerdings, wie Quail aufging, aus einem völlig anderen Grund. Seine Erinnerung war jetzt fast vollständig zurückgekehrt. Und er hatte vollstes Verständnis für die Nervosität des Beamten.

»Auf dem Mars«, sagte Quail heiser, »hab ich einen Mann umgebracht. Nachdem ich fünfzehn Bodyguards erledigt hab. Einige hatten solche Schleicherwaffen wie ihr.« Interplan hatte ihn fünf Jahre lang zum Attentäter ausgebildet. Zum Profikiller. Er kannte Mittel und Wege, bewaffnete Widersacher – wie zum Beispiel diese beiden Beamten – außer Gefecht zu setzen; und der mit dem Ohr-Empfänger wußte das.

Wenn er nur flink genug war –

Die Kanone ging los. Aber er war schon zur Seite

gesprungen und hatte gleichzeitig den bewaffneten Beamten umgehackt. Augenblicklich war er im Besitz der Kanone und hielt damit den anderen, verwirrten, Beamten in Schach.

»Der hat meine Gedanken aufgefangen«, sagte Quail und schnappte nach Luft. »Er wußte, was ich machen wollte, aber ich hab's trotzdem geschafft.«

Der verletzte Beamte setzte sich halb auf und krächzte: »Der schießt nicht auf dich, Sam; das fang ich auch auf. Er weiß, daß er am Ende ist, und er weiß auch, daß wir das wissen. Los, Quail.« Schwerfällig und grunzend vor Schmerzen kam er zittrig auf die Beine. Er streckte die Hand aus. »Die Kanone«, sagte er zu Quail. »Sie können nicht damit umgehen, und wenn Sie sie mir zurückgeben, garantiere ich Ihnen, daß ich Sie nicht umbringe; Sie werden angehört, und jemand aus der Chefetage von Interplan entscheidet dann, nicht ich. Vielleicht können die Ihr Gedächtnis noch mal löschen, ich hab keine Ahnung. Aber Sie wissen ja, weswegen ich Sie umbringen wollte; ich konnte Sie nicht daran hindern, sich daran zu erinnern. Das, weshalb ich Sie umbringen wollte, hat sich also gewissermaßen erledigt.«

Quail umklammerte die Kanone, stürzte aus der Eigenwohn und spurtete auf den Fahrstuhl zu. *Wenn ihr mich verfolgt*, dachte er, *bring ich euch um. Also laßt das.* Er stach nach dem Fahrstuhlknopf, und einen Augenblick später glitten die Türen zurück.

Die Polizisten waren ihm nicht gefolgt. Offenbar hatten sie seine scharfen, schneidenden Gedanken aufgefangen und beschlossen, das Risiko nicht einzugehen.

Der Fahrstuhl schluckte ihn und sank. Er war entkommen – fürs erste. Aber was jetzt? Wo sollte er hin?

Der Fahrstuhl erreichte das Erdgeschoß; einen Augenblick später war Quail in den Scharen von Füßlern untergetaucht, die die Laufrinnen entlanghetzten. Sein Kopf schmerzte, und ihm war übel. Aber wenigstens war er dem Tod entronnen; um ein Haar hätten sie ihn an Ort und Stelle erschossen, in seiner eigenen Wohnung.

Und sie werden's wahrscheinlich wieder probieren, entschied er. *Wenn sie mich finden. Und mit dem Transmitter in mir dauert das nicht sehr lange.*

Ironischerweise hatte er genau das bekommen, was er von der Endsinn AG gewollt hatte. Abenteuer, Gefahr, Interplan-Polizisten im Einsatz, einen geheimen und gefährlichen Trip zum Mars, bei dem sein Leben auf dem Spiel stand – alles, was er sich als falsche Erinnerung gewünscht hatte.

Jetzt begann er die Vorzüge zu sehen von Erinnerungen, die nichts weiter als Erinnerungen waren.

Er saß allein auf einer Parkbank und beobachtete gleichgültig eine Schar von Kecksen, Halbvögel, von den beiden Marsmonden eingeführt und fähig, sich sogar gegen die große Schwerkraft der Erde in die Lüfte zu schwingen.

Vielleicht finde ich ja einen Weg zurück zum Mars, überlegte er. Doch was dann? Auf dem Mars wäre es nur noch schlimmer; die politische Organisation, deren Anführer er ermordet hatte, würde ihn entdecken, sowie er aus dem Raumschiff stieg; dort wären die *und* Interplan hinter ihm her.

Könnt ihr mich denken hören? fragte er sich. Der schnellste Weg zur Paranoia; während er allein dasaß, spürte er, wie sie ihn anpeilten, abhörten, mitschnitten, diskutierten ... Er schauderte, stand auf und ging ziellos umher, die Hände tief in den Taschen. *Egal wohin ich gehe,* sah er ein, *ihr werdet immer bei mir sein. Solang ich dieses Gerät im Kopf habe.*

Ich mach euch einen Vorschlag, dachte er sich – und ihnen. *Könnt ihr mir noch mal eine falsche Erinnerungsschablone einprägen, wie beim letzten Mal, eine, nach der ich ein geregeltes Durchschnittsleben geführt habe und nie auf dem Mars gewesen bin? Nie eine Interplan-Uniform aus der Nähe gesehen und noch nie eine Waffe in der Hand gehabt habe?*

Eine Stimme in seinem Hirn antwortete: »Das haben wir Ihnen doch bereits ausführlich erklärt: Das würde nicht genügen.«

Baff blieb er stehen.

»Wir haben schon früher auf diese Weise mit Ihnen kommuniziert«, fuhr die Stimme fort. »Als Sie an der Front operiert haben, auf dem Mars. Das ist Monate her; ja, wir hatten angenommen, wir müßten das nie mehr tun. Wo sind Sie?«

»Unterwegs«, sagte Quail, »in den Tod.« *Und zwar dank den Kanonen eurer Leute,* dachte er noch hinzu. »Woher wissen Sie so genau, daß das nicht genügen würde?« erkundigte er sich. »Funktioniert die Endsinn-Technik nicht?«

»Wie gesagt: Wenn Sie einen Satz durchschnittlicher Standard-Erinnerungen bekommen, werden Sie – unruhig. Sie würden zwangsläufig wieder Endsinn oder eine ihrer Konkurrenzfirmen aufsuchen. Wir können das nicht noch mal durchmachen.«

»Angenommen«, sagte Quail, »meine authentischen Erinnerungen würden erst mal gelöscht und mir würde was Substantielleres eingepflanzt als Standard-Erinnerungen. Etwas, das meine Sehnsucht zu befriedigen vermag«, sagte er. »Die ist doch der Ursprung der Sache; wahrscheinlich haben Sie mich deshalb überhaupt angeheuert. Aber Sie sollten in der Lage sein, sich was anderes einfallen zu lassen – was Gleichwertiges. Daß ich der reichste Mann auf Terra war, aber schließlich mein ganzes Geld an Bildungsstiftungen verschenkt habe. Oder ein berühmter Tiefraumforscher. Irgendwas in der Art; würde so was nicht funktionieren?«

Schweigen.

»Probieren Sie's«, sagte er verzweifelt. »Greifen Sie sich ein paar von Ihren eins a Militärpsychiatern; erforschen Sie meinen Geist. Finden Sie heraus, welcher meiner Träume am weitesten geht.« Er versuchte, sich etwas einfallen zu lassen. »Frauen«, sagte er. »Tausende von Frauen, genau wie Don Juan. Ein interplanetarer Playboy – eine Geliebte in jeder Stadt auf Terra, Luna und Mars. Nur hab ich das aus Konditionsgründen aufgegeben. Bitte«, flehte er. »Probieren Sie's.«

»Sie würden sich also freiwillig stellen?« fragte die Stimme in seinem Kopf. »Falls wir damit einverstanden wären, eine solche Lösung zu arrangieren? *Falls* das überhaupt möglich ist?«

Nach einem Moment des Zögerns sagte er: »Ja.« *Ich gehe das Risiko ein*, sagte er sich. *Ich lasse es drauf ankommen, daß ihr mich nicht einfach umbringt.*

»Sie machen den ersten Schritt«, sagte die Stimme augenblicklich. »Ergeben Sie sich. Und wir werden abklären, was in der Richtung möglich ist. Wenn wir es allerdings nicht schaffen, wenn Ihre authentischen Erinnerungen anfangen, wieder durchzuschlagen wie diesmal, dann – « Sie schwiegen, und dann schloß die Stimme: ». . . müssen wir Sie vernichten. Das werden Sie verstehen. Also, Quail, wollen Sie's immer noch versuchen?«

»Ja«, sagte er. Denn die Alternative hieß jetzt Tod – und zwar unausweichlich. Zumindest hatte er so eine Chance, so gering sie auch war.

»Sie melden sich in unserer Hauptkaserne in New York«, fuhr die Stimme des Interplan-Cops fort. »580

Fifth Avenue, zwölfte Etage. Wenn Sie sich gestellt haben, lassen wir unsere Psychiater auf Sie los; wir werden Ihr Persönlichkeitsprofil austesten lassen. Wir werden versuchen, Ihre tiefste, elementarste Wunschfantasie zu bestimmen – dann bringen wir Sie zur Endsinn AG zurück; ziehen die hinzu, um den Wunsch mit Hilfe von Erinnerungssurrogaten indirekt zu erfüllen. Dann also – viel Glück. Wir sind Ihnen was schuldig; Sie waren ein nützliches Werkzeug für uns.« Die Stimme war ohne jede Bosheit; wenn überhaupt etwas, hatten sie – die Organisation – Mitleid mit ihm.

»Danke«, sagte Quail. Und begann mit der Suche nach einem Robottaxi.

»Mr. Quail«, sagte der streng dreinblickende, ältliche Interplan-Psychiater, »Sie verfügen über eine äußerst interessante Wunscherfüllungs-Traumvorstellung. Wahrscheinlich ganz was anderes, als was Sie bewußt wünschen oder für möglich halten. Das ist in der Regel so; ich hoffe, es regt Sie nicht zu sehr auf, was darüber zu hören.«

Der anwesende höherrangige Interplan-Beamte sagte forsch: »Er regt sich lieber nicht zu sehr darüber auf, es sei denn, er will unbedingt erschossen werden.«

»Anders als bei der Fantasie, ein Undercover-Agent für Interplan sein zu wollen«, fuhr der Psychiater fort, »die, als ein Produkt relativer Reife, einer gewissen Plausibilität nicht entbehrte, handelt es sich bei diesem Erzeugnis um einen bizarren Kindheitstraum; kein Wunder, daß Sie nicht in der Lage sind, sich seiner zu entsinnen. Ihre Fantasie ist folgende: Sie sind neun Jahre alt und gehen allein einen Feldweg entlang. Ein unbekanntes Raumfahrzeug aus einem anderen Sonnensystem landet unmittelbar vor Ihnen. Kein Mensch auf der Erde außer

Ihnen, Mr. Quail, kann es sehen. Die Wesen darin sind sehr klein und hilflos, ein wenig wie Feldmäuse, obgleich dies ihr Versuch einer Invasion der Erde ist; Zehntausende anderer Schiffe werden auf dem Weg sein, sobald diese Vorhut grünes Licht gibt.«

»Und ich halte sie wohl auf«, sagte Quail und verspürte eine Mischung aus Ekel und Belustigung. »Ich lösche sie aus, im Alleingang. Wahrscheinlich zertrete ich sie unter meinem Absatz.«

»Nein«, sagte der Psychiater geduldig. »Sie stoppen die Invasion, aber nicht, indem Sie sie vernichten. Statt dessen begegnen Sie ihnen mit Güte und Erbarmen, obwohl Sie per Telepathie – ihre Art der Kommunikation – erfahren haben, warum sie gekommen sind. Noch nie hat irgendein fühlender Organismus ihnen gegenüber je solch humanitäre Züge gezeigt, und um ihre Dankbarkeit zu zeigen, schließen sie mit Ihnen einen feierlichen Bund.«

Quail sagte: »Keine Invasion der Erde, solange ich lebe.«

»Exakt.« Zu dem Interplan-Beamten sagte der Psychiater: »Sie sehen, es paßt zu seiner Persönlichkeit, auch wenn er so höhnisch tut.«

»Durch meine bloße Existenz also«, sagte Quail und empfand wachsendes Vergnügen, »nur, weil ich lebe, bewahre ich die Erde vor außerirdischer Fremdherrschaft. Dann bin ich also praktisch die wichtigste Person auf Terra. Ohne einen Finger krummzumachen.

»Ja, genau, Sir«, sagte der Psychiater. »Und das ist tief und fest in Ihrer Psyche verankert; eine lebenslängliche Kindheitsfantasie. Deren Sie sich, ohne Tiefen- und Drogentherapie nie entsonnen hätten. Aber sie hat schon immer in Ihnen existiert; eine Unterströmung, die nie aufgehört hat.«

Zu McClane, der dasaß und aufmerksam zuhörte, sagte der höhere Polizeibeamte: »Können Sie ihm ein so extremes extrafaktisches Erinnerungsmuster einpflanzen?«

»Wir werden mit allen nur möglichen Wunschfantasien beauftragt«, sagte McClane. »Ehrlich gesagt, ich hab schon weitaus Schlimmeres gehört. Natürlich können wir das erledigen. In vierundzwanzig Stunden wird er sich nicht nur *wünschen*, er hätte die Erde gerettet; er wird zutiefst davon überzeugt sein, daß er es wirklich getan hat.«

Der höhere Polizeibeamte sagte: »Dann können Sie mit der Arbeit anfangen. Zur Vorbereitung haben wir seine Erinnerung an den Trip zum Mars schon mal wieder gelöscht.«

Quail sagte: »Welcher Trip zum Mars?«

Niemand gab ihm eine Antwort, deshalb stellte er die Frage widerwillig zurück. Jetzt war sowieso ein Polizeifahrzeug erschienen; er, McClane und der höhere Polizeibeamte quetschten sich hinein, und schon waren sie unterwegs nach Chicago und zur Endsinn AG.

»Machen Sie diesmal lieber keinen Fehler«, sagte der Polizeibeamte zu dem bulligen, nervös wirkenden McClane.

»Ich sehe nicht, was da schiefgehen könnte«, murmelte McClane schwitzend. »Das hier hat weder mit dem Mars noch mit Interplan irgendwas zu tun. Im Alleingang eine Invasion der Erde aus einem anderen Sonnensystem aufhalten!« Er schüttelte den Kopf. »Wahnsinn, was so n Junge alles träumt. Und das Ganze nur durch Tugend und Güte; nicht durch Gewalt. Das hat was Putziges.« Er tupfte sich die Stirn mit einem großen Leinentaschentuch.

Niemand sagte etwas.

»Im Grunde«, sagte McClane, »ist es rührend.«

»Aber überheblich«, sagte der Polizeibeamte kalt. »Denn es geht weiter mit der Invasion, sowie er stirbt. Kein Wunder, daß er sich nicht daran erinnern kann; das ist die größenwahnsinnigste Fantasie, die mir je zu Ohren gekommen ist.« Er musterte Quail mißbilligend. »Ich darf gar nicht daran denken, daß wir den Mann auf unsere Gehaltsliste gesetzt haben.«

Als sie bei der Endsinn AG ankamen, begrüßte sie Shirley, die Empfangsdame, völlig außer Atem im Vorzimmer. »Willkommen, Mr. Quail«, japste sie aufgescheucht, und ihre melonenförmigen Brüste – heute glutorange bemalt – wippten vor Aufregung. »Es tut mir leid, daß es beim letzten Mal nicht ganz geklappt hat; diesmal geht's sicher besser.«

McClane, der sich mit seinem tadellos gefalteten irischen Leinentaschentuch nach wie vor immer wieder die Stirn tupfte, sagte: »Es muß.« Mit hektischen Bewegungen trommelte er Lowe und Keeler zusammen, geleitete sie und Douglas Quail in den Arbeitsbereich und kehrte dann mit Shirley und dem höheren Polizeibeamten in sein vertrautes Büro zurück. Um zu warten.

»Haben wir dafür ein Paket, Mr. McClane?« fragte Shirley und stieß in ihrer Aufregung mit ihm zusammen, woraufhin sie schamhaft errötete.

»Ich glaub schon.« Er versuchte, sich zu erinnern, gab dann aber auf und sah in der offiziellen Tabelle nach. »Eine Kombination«, entschied er laut, »aus Paket 81, 20 und 6.« Er fischte die passenden Pakete aus dem Tresorteil der Kammer hinter seinem Büro und trug sie zu seinem Schreibtisch, um sie zu inspizieren. »Aus 81«, erklärte er, »ein Zauberheilstab, der ihm – dem betreffenden Kunden, in diesem Fall Mr. Quail – von den Wesen aus einem anderen System geschenkt worden ist. Als Zeichen ihrer Dankbarkeit.«

»Funktioniert der?« fragte der Polizeibeamte neugierig.

»Er hat mal«, erklärte McClane. »Aber er, ähem, verstehen Sie, hat ihn schon vor Jahren aufgebraucht, weil er wie wild damit rumgeheilt hat. Jetzt ist er bloß noch ein Souvenir. Aber er kann sich daran erinnern, daß er mal ganz fantastisch funktioniert hat.« Er gluckste und öffnete dann Paket 20. »Dankesurkunde des UNO-Generalsekretärs für die Rettung der Erde, das paßt zwar nicht ganz, denn zu Quails Fantasie gehört, daß niemand außer ihm von der Invasion weiß, aber um der größeren Wahrscheinlichkeit willen geben wir's dazu.« Dann inspizierte er Paket 6. Was war noch da drin? Er konnte sich nicht entsinnen; mit gerunzelter Stirn kramte er in der Plastiktüte, während Shirley und der Polizeibeamte ihm gespannt zusahen.

»Ein Schrieb«, sagte Shirley. »In einer komischen Sprache.«

»Der erklärt, wer sie waren«, sagte McClane, »und wo sie hergekommen sind. Einschließlich einer detaillierten Sternkarte, worin ihre Flugroute hierher und ihr Herkunftssystem eingezeichnet sind. Natürlich ist alles in *ihrer* Schrift, so daß er es nicht lesen kann. Aber er erinnert sich, daß sie es ihm in seiner eigenen Sprache vorgelesen haben.« Er arrangierte die drei Gegenstände in der Mitte seines Schreibtischs. »Die sollten in Quails Eigenwohn gebracht werden«, sagte er zu dem Polizeibeamten. »Damit er sie findet, wenn er nach Hause kommt. Als Bestätigung seiner Fantasie. OSV – Offizielles Standard-Vorgehen.« Er gluckste etwas beklommen und fragte sich, wie es bei Lowe und Keeler wohl lief.

Die Sprechanlage summte. »Mr. McClane, entschuldigen Sie die Störung.« Das war Lowes Stimme; er wurde starr, als er sie erkannte, starr und stumm. »Aber wir sind da auf ein Problem gestoßen. Es ist vielleicht besser wenn Sie rüberkommen und das supervisieren. Wie beim letzten Mal hat Quail gut auf das Narkidrin angesprochen; er ist bewußtlos, entspannt und aufnahmefähig. Aber – «

McClane rannte rüber zum Arbeitsbereich.

Auf einem Hygienebett lag Douglas Quail und atmete langsam und regelmäßig; er hatte die Augen halb geschlossen und nahm seine Umgebung nur undeutlich wahr.

»Wir haben mit der Befragung angefangen«, sagte Lowe kreidebleich. »Um herauszufinden, wann genau wir die Fantasie-Erinnerung an seine Rettung der Erde im Alleingang ansetzen müssen. Und eigenartigerweise – «

»Sie haben mir gesagt, ich darf es nicht verraten«, murmelte Douglas Quail mit schläfriger, drogenschwerer Stimme. »Das war so abgemacht. Ich sollte mich noch nicht mal dran erinnern. Aber wie hätte ich ein solches Ereignis vergessen können?«

Ich nehme an, das wäre schwierig, überlegte McClane. *Aber Sie haben es geschafft – bis jetzt.*

»Sie haben mir sogar ne Schriftrolle geschenkt«, murmelte Quail, »aus Dankbarkeit. Ich hab sie in meiner Eigenwohn versteckt; ich zeig sie euch.«

Zu dem Interplan-Beamten, der ihm gefolgt war, sagte McClane: »Äh, wenn ich Ihnen was vorschlagen darf, ich würd ihn lieber nicht umbringen. Wenn Sie das tun, kommen sie zurück.«

»Außerdem haben sie mir n unsichtbaren Vernichtungs-Zauberstab gegeben«, murmelte Quail; er hatte die Augen jetzt völlig geschlossen. »Damit hab ich den Mann auf dem Mars umgebracht, den ich für euch erledigen sollte. Er liegt in meiner Schublade bei der Schachtel mit den marsianischen Madenwürmern und den vertrockneten Pflanzen.«

Wortlos drehte sich der Interplan-Beamte um und stakste hinaus aus dem Arbeitsbereich.

Dann kann ich die Pakete mit den Beweisgegenständen ja wieder wegtun, sagte sich McClane resigniert. Einen Fuß vor den anderen setzend ging er in sein Büro zurück. Und dann natürlich auch die *Dankesurkunde des UNO-Generalsekretärs –*

Die echte würde wahrscheinlich nicht mehr lange auf sich warten lassen.

Der Ausgang führt hinein

Bob Bibleman hatte den Eindruck, daß Roboter einem nicht in die Augen sahen. Und wenn ein Roboter in der Nähe war, kamen allerlei kleine, wertvolle Gegenstände abhanden. Für einen Roboter bedeutete Ordnung, daß er alles auf einen Haufen stapelte. Trotzdem mußte Bibleman sein Mittagessen bei Robotern bestellen, da der Weiterverkauf von Waren auf der Lohnskala zu niedrig rangierte, um auf Menschen attraktiv zu wirken.

»Einen Hamburger, Pommes, einen Erdbeer-Shake und – « Bibleman hielt inne und las den Ausdruck. »Nein, lieber einen Supreme-Double-Cheeseburger, Pommes, einen Malzdrink mit Schoko-Geschmack – «

»Augenblick«, sagte der Roboter. »Der Burger ist bereits in Arbeit. Möchten Sie am Preisausschreiben der Woche teilnehmen, während Sie warten?«

»Den Super-Cheeseburger kriege ich also nicht«, sagte Bibleman.

»Stimmt.«

Es war die Hölle, im einundzwanzigsten Jahrhundert zu leben. Die Informationsübermittlung hatte Lichtgeschwindigkeit erreicht. Biblemans älterer Bruder hatte einem Belletristik-Roboter mal einen zehn Worte umfassenden Handlungsentwurf eingegeben, sich umentschieden, was den Schluß des Buches betraf, und feststellen müssen, daß der Roman bereits in Druck gegangen war. Er mußte eine Fortsetzung programmieren, um seine Korrektur anzubringen.

»Wie ist die Preisstruktur bei dem Preisausschreiben?« fragte Bibleman.

Sofort wurden sämtliche Gewinnquoten aufgeführt, vom 1. bis zum letzten Preis. Natürlich schaltete der Roboter die Anzeige aus, bevor Bibleman sie lesen konnte.

»Was ist der 1. Preis?« sagte Bibleman.

»Das kann ich Ihnen nicht sagen«, sagte der Roboter. Aus seinem Schlitz kamen ein Hamburger, Pommes frites und ein Erdbeer-Shake. »Das macht eintausend Dollar in bar.«

»Gib mir einen Tip«, sagte Bibleman beim Bezahlen.

»Es ist überall und nirgends. Es existiert seit dem siebzehnten Jahrhundert. Ursprünglich war es unsichtbar. Dann wurde es königlich. Man kommt nicht rein, wenn man nicht schlau ist, aber es hilft, wenn man schummelt, und es hilft ebenfalls, wenn man reich ist. Was fällt Ihnen zum Wort ›schwer‹ ein?«

»Tiefschürfend.«

»Nein, die wörtliche Bedeutung.«

»Masse.« Bibleman grübelte. »Was soll denn das? Ein Preisrätsel, bei dem es darum geht, den Preis herauszufinden? Ich geb's auf.«

»Zahlen Sie die sechs Dollar«, sagte der Roboter, »damit unsere Unkosten gedeckt sind, und wir schicken Ihnen ein – «

»Gravitation«, unterbrach Bibleman. »Sir Isaac Newton. Das Royal College of England. Stimmt's?«

»Stimmt«, sagte der Roboter. »Für sechs Dollar bekommen Sie die Chance, ein College zu besuchen – eine statistische Chance, entsprechend den aufgeführten Gewinnquoten. Aber was sind schon sechs Dollar? Fliegenschiß.«

Bibleman händigte ihm eine Sechsdollarmünze aus.

»Sie haben gewonnen«, sagte der Roboter. »Sie dürfen aufs College. Gegen jede Wahrscheinlichkeit; es stand zwei Billionen zu eins gegen Sie. Ich möchte der erste sein, der Ihnen gratuliert. Wenn ich eine Hand hätte, würde ich Ihnen die Hand schütteln. Dies wird Ihr Leben verändern. Dies ist Ihr Glückstag.«

»Das ist doch abgekartet«, sagte Bibleman, dem plötzlich mulmig wurde.

»Richtig«, sagte der Roboter und sah Bibleman direkt in die Augen. »Außerdem sind Sie verpflichtet, Ihren Preis anzunehmen. Das College ist ein Militär-College, und es liegt sozusagen in Arshfik in Ägypten. Aber das ist kein Problem; Sie werden hingebracht. Gehen Sie nach Hause, und fangen Sie an zu packen.«

»Kann ich nicht erst meinen Hamburger essen und meinen Shake – «

»Ich würde sagen, fangen Sie sofort mit Packen an.«

Hinter Bibleman hatten sich ein Mann und eine Frau angestellt; unwillkürlich machte er ihnen Platz, sich an seinem Tablett mit der Mahlzeit festhaltend, denn ihm schwindelte.

»Ein Steak-Sandwich vom Holzkohlengrill«, sagte der Mann, »mit Zwiebelringen und eine Limo. Das wär's.«

Der Roboter sagte: »Möchten Sie am Preisausschreiben teilnehmen? Tolle Preise.« Auf der Anzeige leuchteten die Gewinnquoten auf.

Als Bob Bibleman die Tür zu seinem Ein-Zimmer-Apartment aufschloß, war sein Fon an. Es suchte ihn.

»Da sind Sie ja«, sagte das Fon.

»Ich mach da nicht mit«, sagte Bibleman.

»Und ob Sie mitmachen«, sagte das Fon. »Wissen Sie, wer ich bin? Lesen Sie Ihr Zertifikat durch, das juristische Formular, das Ihnen den 1. Preis bestätigt. Sie sind als Leutnant noch ein grüner Junge. Ich bin Major Casals. Sie fallen in meinen Zuständigkeitsbereich. Wenn ich Ihnen sage, Sie sollen lila pissen, dann werden Sie lila pissen. Wie schnell können Sie in einer Transplan-Rakete sein? Haben Sie Bekannte, von denen Sie sich verabschieden möchten? Ein Mädchen vielleicht? Ihre Mutter?«

»Komme ich denn überhaupt zurück?« sagte Bibleman zornig. »Ich meine, gegen wen kämpfen wir denn in diesem College? Und da wir gerade dabei sind: Was für ein College ist das? Wer bildet den Lehrkörper? Ist es ein geisteswissenschaftliches College, oder spezialisiert es sich auf die exakten Wissenschaften? Wird es von der Regierung unterhalten? Bietet es – «

»Beruhigen Sie sich erst mal«, sagte Major Casals ruhig.

Bibleman setzte sich. Er stellte fest, daß seine Hände zitterten. Er dachte bei sich: Ich bin im falschen Jahrhundert geboren. Vor hundert Jahren wäre das nicht passiert, und in hundert Jahren wird es illegal sein. Ich brauche einen Anwalt.

Sein Leben war bisher ruhig verlaufen. Er hatte sich mit den Jahren zur bescheidenen Stellung eines Vertreters für Schwebeheime emporgearbeitet. Das war nicht schlecht für einen Mann von zweiundzwanzig Jahren. Fast gehörte ihm sein Ein-Zimmer-Apartment; das heißt: er wohnte zur Miete und hatte eine Option zum Kauf der Wohnung. Es war ein vergleichsweise kleines Leben; er verlangte nicht zuviel, und er beklagte sich – normalerweise – nicht über das, was er bekam. Obwohl er die Steuerstruktur nicht verstand, die sein Einkommen zerhackte, fand er sich damit ab; er fand sich ab mit dieser gehobenen Form der Armut, genau wie damit, daß ein Mädchen nicht mit ihm ins Bett ging. Irgendwie definierte ihn dies; dies war sein Maß. Er fügte sich dem, was er nicht mochte, und empfand diese Einstellung als Tugend. Die meisten, die ihm was zu sagen hatten, hielten ihn für anständig. Und was die betraf, denen er was zu sagen hatte, so war dies eine Gesellschaftsklasse, die aus null Mitgliedern bestand. Sein Boss bei Traumwolke-Eigenheime schrieb ihm vor, was er zu tun hatte, und seine Kundschaft eigentlich ebenfalls. Die Regierung schrieb jedem vor, was er zu tun hatte, oder er nahm es jedenfalls an. Er hatte sehr wenig mit der Regierung zu tun. Das war weder eine Tugend, noch eine Untugend; es war einfach Glück.

Früher einmal hatte er vage Träume gehabt. In diesen Träumen beschenkte er die Armen. In der Oberschule hatte er Dickens gelesen, und in seinem Hirn hatte sich eine so lebhafte Vorstellung von den Unterdrückten festgesetzt, daß er sie förmlich sehen konnte: all jene, die weder ein Ein-Zimmer-Apartment noch einen Job, noch einen Oberschul-Abschluß hatten. Bestimmte vage Ortsnamen waren in seinem Kopf vorübergezogen, Namen, die er im Fernsehen aufgeschnappt hatte, Orte wie Indien, wo Hochleistungsmaschinerie die Sterbenden zusammenfegte. Einmal hatte ihm eine Unterrichtsmaschine gesagt: *Sie haben ein gutes Herz.* Das erstaunte ihn –, nicht daß eine Maschine so etwas sagte, sondern daß sie es zu ihm sagte. Ein Mädchen hatte ihm das auch schon mal gesagt. Das wunderte und entzückte ihn. Welch geheimnisvolles Zusammenspiel unermeßlich großer Mächte, um ihm zu sagen, daß er kein schlechter Mensch war! Das war ein Rätsel und ein Genuß.

Doch diese Tage waren vorüber. Er las keine Romane mehr, und das Mädchen war nach Frankfurt versetzt worden. Jetzt hatte ihn ein Roboter, eine billige Maschine, reingelegt; er mußte Scheiße schaufeln am Arsch der Welt, dazu verdonnert dank einer mechanischen Maschine, mit der man die Bürger wahrscheinlich in Rekordzahlen von den Straßen pflückte. Das war kein College, auf das er jetzt ging; er hatte gar nichts gewonnen. Gewonnen hatte er höchstwahrscheinlich eine Betätigung in einer Art Zwangsarbeitslager. Der Ausgang führt hinein, dachte er. Und das bedeutet: wenn sie dich wollen, dann haben sie dich bereits; was fehlt, ist nur noch etwas Schreibarbeit. Und ein Computer kann die Formulare auf Tastendruck hin verarbeiten. Die H-Taste für Hölle und die S-Taste für Sklave, dachte er. Und die D-Taste für Du.

Vergiß deine Zahnbürste nicht, dachte er. Die brauchst du vielleicht.

Auf dem Fonbildschirm betrachtete ihn Major Casals, als erwäge er im stillen die Möglichkeit, daß Bob Bibleman plötzlich abhauen könnte. Die Chancen, daß ich es tue, stehen zwei Billionen zu eins, dachte Bibleman. Aber diese eine Möglichkeit trifft ein, wie beim Preisausschreiben; ich werde tun, was man mir sagt.

»Bitte«, sagte Bibleman, »gestatten Sie mir eine einzige Frage, und geben Sie mir eine ehrliche Antwort.«

»Natürlich«, sagte Major Casals.

»Wenn ich nicht zu diesem ›Earl's Senior‹-Roboter gegangen wäre und – «

»Wir hätten Sie trotzdem erwischt«, sagte Casals.

»Okay«, sagte Bibleman und nickte. »Danke. Da fühlt man sich gleich viel besser. Jetzt brauche ich mir kein dummes Zeug mehr einzureden wie: ›Ach, hätte ich doch keinen Appetit auf Hamburger mit Pommes gehabt. Ach, hätte ich doch . . .‹« Er verstummte. »Dann werde ich mal packen.«

Major Casals sagte: »Wir arbeiten seit Monaten an einer Auswertung Ihrer persönlichen Daten. Sie sind für Ihre Arbeit zu begabt. Und zu schlecht ausgebildet. Sie haben ein *Recht* auf mehr Ausbildung.«

Erstaunt sagte Bibleman: »Sie reden darüber, als wäre es ein echtes College!«

»Das ist es auch. Es ist das beste im ganzen System. Es wird keine Reklame dafür gemacht; für so was macht man keine Reklame. Niemand wählt das College aus; das College wählt Sie aus. Die Quoten, die Sie auf dem Bildschirm gesehen haben, waren kein Witz. Sie können sich nicht so richtig vorstellen, mit dieser Methode zum besten College des Systems zugelassen zu werden, stimmt's, Mr. Bibleman? Sie müssen noch viel lernen.«

»Wie lange werde ich auf dem College bleiben?« sagte Bibleman.

Major Casals sagte: »Bis Sie ausgelernt haben.«

Sie verpaßten ihm eine ärztliche Untersuchung, einen Haarschnitt, eine Uniform und einen Platz zum Pennen sowie viele psychologische Tests. Bibleman argwöhnte, der wahre Zweck dieser Tests sei es, herauszufinden, ob er latent homosexuell sei, und dann argwöhnte er, sein Argwohn beweise, daß er latent homosexuell *sei*, so daß er den Argwohn bleibenließ und statt dessen annahm, daß es sich um verkappte Intelligenz- und Begabungstests handele, und er bestätigte sich, daß er beides besaß: Intelligenz und Begabung. Außerdem bestätigte er sich, daß er mit seiner Uniform toll aussah, obwohl es die gleiche Uniform war, die jeder trug. Deshalb nennt man sie ja auch Uniform, rief er sich ins Gedächtnis, als er auf seiner Koje saß und seine Orientierungsbroschüren las.

Die erste Broschüre wies darauf hin, daß es eine große Ehre war, zum College zugelassen zu werden. Das College; so hieß es; nur dies eine Wort. Wie seltsam, dachte er verblüfft. Das ist, als nennte man seine Katze Katze und seinen Hund Hund. Darf ich vorstellen? Das ist meine Mutter, Frau Mutter, und mein Vater, Herr Vater. Ticken diese Leute richtig? fragte er sich. Das war seit Jahren eine seiner Phobien gewesen: Irren in die Hände zu fallen, besonders Irren, die bis zum letzten Augenblick ganz normal wirkten. Für Bibleman war dies der Inbegriff des Entsetzlichen.

Während er die Broschüren genauer studierte, kam ein rothaariges Mädchen, das die College-Uniform trug, herüber und setzte sich neben ihn. Sie schien durcheinander zu sein.

»Vielleicht können Sie mir helfen«, sagte sie. »Was ist ein Syllabus? Hier steht, wir kriegen einen Syllabus. Dieses College macht mich noch völlig rammdösig.«

Bibleman sagte: »Wir sind direkt von der Straße weg dazu verdonnert worden, Scheiße zu schaufeln.«

»Meinen Sie?«

»Ich weiß es.«

»Können wir nicht einfach abhauen?«

»Hauen Sie zuerst ab«, sagte Bibleman. »Ich warte dann ab, was mit Ihnen passiert.«

Das Mädchen lachte. »Ich glaube, Sie wissen nicht, was ein Syllabus ist.«

»Klar weiß ich das. Eine Übersicht über Lehrgänge oder Themen.«

»Jaja, und mein Schwein pfeift.«

Er betrachtete sie. Das Mädchen betrachtete ihn.

»Wir werden für alle Zeiten hier bleiben«, sagte das Mädchen.

Sie hieß, wie sie ihm sagte, Mary Lorne. Sie war, wie er entschied, hübsch und voller Wehmut, und sie hatte Angst und ließ sich das nicht anmerken. Gemeinsam stießen sie zu den anderen Erstsemestern, um sich einen neuen Zeichentrickfilm mit Herbie, der Hyäne, anzusehen, den Bibleman schon kannte; es war die Episode, in der Herbie versucht, Rasputin, den russischen Mönch, zu ermorden. Wie es so ihre Art war, vergiftete Herbie-die-Hyäne ihr Opfer, erschoß es, sprengte es sechsmal in die

Luft, erdolchte es, fesselte es mit Ketten und versenkte es in der Wolga, ließ es von wilden Pferden in Stücke reißen und schoß es schließlich, an eine Rakete geschnallt, auf den Mond. Der Zeichentrickfilm langweilte Bibleman. Herbie-die-Hyäne war ihm genauso piepegal wie russische Geschichte, und er fragte sich, ob dies wohl eine Kostprobe für das pädagogische Niveau des College war. Er konnte sich vorstellen, wie Herbie-die-Hyäne die Heisenbergsche Unschärferelation veranschaulichte. Herbie, wie er – vor Biblemans geistigem Auge – fruchtlos hinter einem subatomaren Partikel herhetzte, das willkürlich mal hier, mal dort auftauchte . . . Herbie, wie er wild um sich schlug mit einem Hammer, und dann wie eine ganze Herde subatomarer Partikel Herbie eine Nase drehte, da er wie immer Scheiße baute.

»Woran denkst du gerade?« flüsterte Mary ihm zu.

Der Zeichentrickfilm war zu Ende; im Hörsaal gingen die Lichter an. Auf der Bühne stand Major Casals, größer als am Fon. Schluß mit lustig, sagte Bibleman vor sich hin. Er konnte sich nicht vorstellen, wie Major Casals fruchtlos hinter subatomaren Partikeln herhetzte und dabei wild mit einem Vorschlaghammer um sich drosch. Er spürte, wie er, Bibleman, kalt und starr und ein bißchen bänglich wurde.

Die Vorlesung beschäftigte sich mit Verschlußsachen. Hinter Major Casals leuchtete ein riesiges Hologramm mit der schematischen Darstellung eines homöostatischen Bohrturms auf. In dem Hologramm drehte sich der Bohrturm, so daß man ihn aus allen Winkeln sehen konnte. Verschiedene innere Schichten des Geräts glommen in verschiedenen Farben.

»Ich habe gefragt, woran du gerade denkst«, flüsterte Mary.

»Wir müssen zuhören«, sagte Bibleman leise.

Mary sagte genauso leise: »Das Ding kann selbsttätig Titan-Erz finden. Na, bravo. Titan ist das neunthäufigste Element in der Erdkruste. Beeindruckt wäre ich, wenn es reinen Wurtzit aufstöbern und fördern könnte; den gibt es nämlich nur in Potosí/Bolivien, Butte/Montana und Goldfield/Nevada.«

»Warum denn das?« sagte Bibleman.

»Weil«, sagte Mary, »Wurtzit bei Temperaturen unter eintausend Grad Celsius instabil ist. Und außerdem – « Sie brach ab. Major Casals hatte nicht weitergesprochen und sah sie an.

»Würden Sie das für uns alle wiederholen, junge Frau?« sagte Major Casals.

Mary stand auf und sagte: »Wurtzit ist bei Temperaturen unterhalb eintausend Grad Celsius instabil.« Ihre Stimme war fest.

Sofort wechselte das Hologramm hinter Major Casals und zeigte eine Datentabelle über Zinksulfid-Mineralien.

»Ihr Wurtzit ist hier nicht aufgeführt«, sagte Casals.

»Auf der Tabelle ist er in seiner überkippten Form angegeben«, sagte Mary mit verschränkten Armen, »und das ist Zinkblende. Korrekt ausgedrückt, ist es ZnS, von der Sulfid-Gruppe des AX-Typus. Er ist mit Kadmiumsulfid oder Greenockit verwandt.«

»Setzen Sie sich«, sagte Major Casals. Die Tabelle innerhalb des Hologramms führte jetzt die Charakteristika von Greenockit auf.

Als sie sich setzte, sagte Mary: »Ich habe aber recht. Es gibt keinen homöostatischen Bohrturm für Wurtzit, weil es keinen – «

»Ihr Name?« sagte Major Casals und hielt Schreiber und Block gezückt.

»Mary Wurtz.« Ihre Stimme war ohne jede Emotion. »Mein Vater war Charles-Adolphe Wurtz.«

»Der Entdecker des Wurtzits?« sagte Major Casals unsicher; sein Schreiber zögerte.

»Genau«, sagte Mary. Sie wandte sich Bibleman zu und zwinkerte.

»Danke für die Auskunft«, sagte Major Casals.

Er machte eine Bewegung, und nun zeigte das Hologramm einen Strebebogen und, zum Vergleich, einen normalen Strebepfeiler.

»Ich will ganz einfach darauf hinaus«, sagte Major Casals, »daß gewisse Informationen, wie zum Beispiel seit langem bestehende architektonische Prinzipien – «

»Die meisten architektonischen Prinzipien stehen schon seit langem«, sagte Mary.

Major Casals hielt inne.

»Sonst würden sie nichts taugen«, sagte Mary.

»Warum nicht?« sagte Major Casals, und dann verfärbte er sich.

Mehrere uniformierte Studenten lachten.

»Information dieser Art«, fuhr Major Casals fort, »ist keine Verschlußsache. Aber vieles von dem, was Sie lernen werden, ist Verschlußsache. Deshalb hat das College eine militärische Satzung. Wenn Sie Verschlußsachen, die Ihnen hier im Rahmen Ihrer Schulung zur Kenntnis gelangen, verraten, weitergeben oder an die Öffentlichkeit bringen, so fällt dies unter militärische Gerichtsbarkeit. Für einen Bruch der Statuten kämen Sie vor ein Militärtribunal.«

Unter den Studenten erhob sich ein Gemurmel. Bibleman dachte sich: Reingelegt, flachgelegt und schließlich umgelegt. Keiner sagte was. Sogar das Mädchen neben ihm war still. Ein schwer deutbarer Ausdruck war jedoch über ihr Gesicht gehuscht; sie sah tief in sich selbst versunken aus, düster und – wie er fand – ungewöhnlich reif. Sie schien dadurch älter, kein Mädchen mehr, und er fragte sich, wie alt sie wirklich sein mochte. Es war, als seien in ihren Gesichtszügen eintausend Jahre an die Oberfläche gekommen, während er sie eingehend betrachtete und dabei über den Offizier auf der Bühne samt dem großen Informations-Hologramm hinter ihm nachgrübelte. Woran denkt sie? fragte er sich. Wird sie noch mehr sagen? Wie kommt sie dazu, so einfach ihre Meinung zu sagen? Schließlich wissen wir jetzt, daß wir dem Kriegsrecht unterstellt sind.

Major Casals sagte: »Ich werde Ihnen ein Beispiel für ein Bündel hochvertraulicher Verschlußsachen geben. Es geht dabei um den Panther-Motor.« Beim Hologramm hinter ihm war erstaunlicherweise plötzlich Mattscheibe.

»Sir«, sagte einer der Studenten, »das Hologramm zeigt gar nichts mehr.«

»Das ist auch kein Gebiet, mit dem wir uns im Rahmen Ihrer Studien hier beschäftigen werden«, sagte Major Casals. »Der Panther-Motor ist ein Zwei-Rotoren-System; einander gegengesetzte Rotoren, die eine gemeinsame Hauptwelle bedienen. Sein Hauptvorteil ist das absolute Fehlen zentrifugaler Drehmomente im Gehäuse. Eine Nockenkette wird zwischen die opponierenden Rotoren gespannt, so daß die Hauptwelle ohne Hysterese den Drehsinn ändern kann.«

Das große Hologramm hinter ihm blieb leer. Merkwürdig, dachte Bibleman. Ein unheimliches Gefühl: Information ohne Information, als wäre der Computer blind geworden.

Major Casals sagte: »Das College darf keinerlei Information über den Panther-Motor weitergeben. Es kann nicht darauf programmiert werden, sich anders zu verhalten. Darüber hinaus weiß es nichts über den Panther-Motor; es ist darauf programmiert, jede Information, die es auf diesem Sektor erhält, zu vernichten.«

Ein Student hob die Hand und sagte: »Also selbst wenn jemand Informationen über den Panther-Motor in das College einspeiste – «

»Würde es die Datenaufnahme verweigern«, sagte Major Casals.

»Ist das der einzige solche Fall?« fragte ein anderer Student.

»Nein«, sagte Major Casals.

»Demnach gibt es eine ganze Reihe von Gebieten, über die wir keine Aufstellungen bekommen können«, murmelte ein Student.

»Es betrifft nichts von Bedeutung«, sagte Major Casals. »Zumindest nicht für Ihre Studien.«

Die Studenten waren still.

»Die Fächer, die Sie studieren werden«, sagte Major Casals, »werden Ihnen nach Maßgabe Ihrer Begabungs- und Persönlichkeitsprofile zugewiesen. Ich werde Ihre Namen herunterlesen, und Sie werden nach vorne kommen, um Ihre Themenzuweisung entgegenzunehmen. Das College selbst hat die endgültige Entscheidung für jeden von Ihnen getroffen, Sie können also sicher sein, daß keinerlei Fehler gemacht wurde.«

Und wenn ich Proktologie kriege? fragte sich Bibleman. Er geriet in Panik und dachte: Oder Orthopädie des menschlichen Fußes. Oder Herpetologie. Oder, nur mal angenommen, das College beschließt in seiner unendlichen computeroiden Weisheit, das gesamte Wissen des Universums, soweit es sich auf herpes labialis oder Leiden mit ähnlichem Krankheitsbild bezieht, in mich hineinzustopfen ... Oder was Schlimmeres. Falls es irgendwas noch Schlimmeres gibt.

»Was du brauchst«, sagte Mary, als die Namen in alphabetischer Reihenfolge verlesen wurden, »ist ein Programm, mit dem du einen Lebensunterhalt verdienen kannst. Du mußt praktisch denken. Ich weiß, was ich kriege; ich weiß, wo meine Stärke liegt. Ich kriege Chemie.«

Sein Name wurde aufgerufen; er erhob sich und ging durch den Mittelgang zu Major Casals. Sie sahen einander an, und dann reichte Casals ihm einen unversiegelten Umschlag.

Steif ging Bibleman zu seinem Stuhl zurück.

»Soll ich ihn dir aufmachen?« sagte Mary.

Wortlos gab ihr Bibleman den Umschlag. Sie öffnete ihn und studierte den Ausdruck.

»Kann ich mir damit einen Lebensunterhalt verdienen?« sagte er.

Sie lächelte. »Ja, das ist ein sehr lukratives Gebiet. Fast so gut wie ... Na ja, sagen wir mal, auf den Kolonieplaneten wird so was wirklich gebraucht. Du kannst arbeiten, wo du willst.«

Er sah ihr über die Schulter und las die Worte auf dem Papier.

KOSMOLOGIE KOSMOGONIE VORSOKRATIKER

»Vorsokratische Philosophie«, sagte Mary. »Fast so gut wie Bautechnik.« Sie gab ihm das Stück Papier. »Quatsch, war nur Spaß. Aber im Ernst: Du kannst dir damit keinen Lebensunterhalt verdienen, es sei denn, du gibst Unterricht..., aber vielleicht interessiert es dich ja. Interessiert es dich?«

»Nein«, sagte er knapp.

»Dann frage ich mich, warum das College es ausgesucht hat«, sagte Mary.

»Was ist denn, verdammtnochmal«, sagte er, »Kosmogonie?«

»Da geht es darum, wie das Universum entstanden ist. Interessiert es dich nicht, wie das Universum –« Sie schwieg und musterte ihn eingehend. »Auf jeden Fall kommst du so nie in die Lage, den Ausdruck von einer Verschlußsache zu verlangen«, sagte sie nachdenklich. »Vielleicht ist es sogar das«, murmelte sie vor sich hin. »Die brauchen dann nicht auf dich aufzupassen.«

»Mir kann man Verschlußsachen getrost anvertrauen«, sagte er.

»Kann man das wirklich? Kennst du dich selbst denn so gut? Aber da kommst du noch drauf, wenn dich das College mit frühgriechischem Gedankengut bombardiert. ›Erkenne dich selbst.‹ Motto des Apollotempels in Delphi. Damit hast du schon die Hälfte der griechischen Philosophie beisammen.«

Bibleman sagte: »Ich habe nicht die Absicht, je vor einem Militärtribunal zu erscheinen, weil ich militärische Verschlußsachen ausgeplaudert habe.« Dann dachte er an den Panther-Motor, und ihm wurde klar, so richtig klar, daß die Aussage der kurzen Ansprache von Major Casals ziemlich übel gewesen war. »Ich wüßte gern, was Herbie-die-Hyäne für ein Motto hat«, sagte er.

»›Ich bin gewillt, ein Bösewicht zu werden‹«, sagte Mary. »›Und Feind den eitlen Freuden dieser Tage. Anschläge macht' ich . . .‹« Sie streckte die Hand aus, um seinen Arm zu berühren. »Erinnerst du dich? Der Zeichentrickfilm mit Herbie-der-Hyäne als Richard III.«

»Mary Lorne«, las Major Casals von seiner Liste ab.

»Entschuldige.« Sie ging nach vorn und kam lächelnd mit ihrem Kuvert zurück. »Leprologie«, sagte sie zu Bibleman. »Studium und Behandlung von Aussatz. War nur Spaß; es ist Chemie.«

»Da wirst du Verschlußsachen studieren«, sagte Bibleman.

»Ja«, sagte sie. »Ich weiß.«

Am ersten Tag seines Studienprogramms stellte Bob

Bibleman das Input-Output-Terminal des Computers, den er vom College bekommen hatte, auf AUDIO und drückte auf die Taste für seinen kodierten Lehrgang.

»Thales von Milet«, sagte das Terminal. »Begründer der ionischen Schule der Naturphilosophie.«

»Was hat er gelehrt?« sagte Bibleman.

»Daß die Welt auf Wasser treibt, von Wasser in Gang gehalten wird und aus dem Wasser hervorgegangen ist.«

»Ganz schön dumm«, sagte Bibleman.

Das College-Terminal sagte: »Thales gründete dies auf die Entdeckung fossiler Fische auf dem Festland, weit im Binnenland und sogar in großen Höhen. Es ist also nicht so dumm, wie es sich anhört.« Es zeigte auf seinem Holo-Schirm eine ziemliche Menge schriftlicher Informationen, aber Bibleman fand nichts davon übermäßig interessant. Außerdem hatte er sich ohnehin AUDIO gewünscht. »Man ist übereinstimmend der Meinung, daß Thales der erste Rationalist der Menschheitsgeschichte gewesen ist«, sagte das Terminal.

»Was ist mit Echnaton?« sagte Bibleman.

»Der war etwas sonderbar.«

»Moses?«

»Ebenfalls sonderbar.«

»Hammurabi?«

»Wie schreibt man das?«

»Weiß ich nicht genau. Ich hab nur den Namen schon gehört.«

»Dann werden wir jetzt Anaximander durchnehmen«, sagte das College-Terminal. »Und in einer einleitenden Übersicht Anaximenes, Xenophanes, Parmenides und Melissos streifen – Augenblick mal; ich habe Heraklit und Kratylos vergessen. Und mit Empedokles werden wir uns auch beschäftigen, mit Anaxagoras, Zeno . . .«

»Jesus!« sagte Bibleman.

»Das ist ein anderes Programm«, sagte das College-Terminal.

»Nur weiter«, sagte Bibleman.

»Machen Sie sich Notizen?«

»Das ist meine Sache.«

»Sie scheinen sich in einer Konfliktsituation zu befinden.«

Bibleman sagte: »Was passiert, wenn ich durchrassele und vom College fliege?«

»Dann kommen Sie ins Gefängnis.«

»Ich werde mir Notizen machen.«

»Da Sie derart zerrissen – «

»Was?«

»Da Sie so voller Konflikte sind, werden Sie Empedokles bestimmt interessant finden. Er war der erste dialektische Philosoph. Empedokles glaubte, das Grundprinzip der Wirklichkeit sei antithetisch, der Konflikt zwischen den Mächten der Liebe und des Hasses. Herrscht die Liebe, so ist der gesamte Kosmos ein ausgewogenes Gemisch namens *krasis*. Diese *krasis* ist eine kugelförmige Gottheit, ein einzelner vollkommener Geist, der seine gesamte Zeit damit verbringt – «

»Gibt es dafür irgendeine praktische Nutzanwendung?« unterbrach Bibleman.

»Die antithetischen Kräfte von Liebe und Haß ähneln mit ihrer fortdauernden Interaktion, aus der heraus alle Veränderungen stattfinden, den taoistischen Elementen von Yin und Yang.«

»Praktische Nutzanwendung.«

»Zwei einander entgegenwirkende, gleichgeartete Bestandteile.« Auf dem Holo-Schirm bildete sich ein schematisches Schaubild, sehr komplex. »Der Zwei-Rotoren-Panther-Motor.«

»Was?« sagte Bibleman, der plötzlich kerzengerade auf

seinem Stuhl saß. Er las in großen Buchstaben die Worte PANTHER-HYDRO-ANTRIEBSSYSTEM TOP SECRET über dem Schema und der dazugehörenden Aufstellung. Sofort drückte er auf die PRINT-Taste; die Maschinerie des Terminals surrte, und drei Papierbogen glitten aus dem Schlitz.

Sie haben sie übersehen, ging Bibleman auf, diese Zugriffsmöglichkeit auf die Datei des College mit dem Material über den Panther-Motor. Dieser Querverweis ist ihnen entgangen. An vorsokratische Philosophie hat keiner gedacht; wer erwartet denn schon einen Eintrag über einen Motor, einen hypermodernen, streng geheimen Motor, unter der Kategorie PHILOSOPHIE, VORSOKRATISCH, Stichwort EMPEDOKLES?

Ich hab's in der Hand, sagte er sich, als er die drei Seiten schnappte. Er faltete sie zusammen und steckte sie in das Heft, das ihm vom College zur Verfügung gestellt worden war.

Ich hab's geschafft, dachte er. Und zwar ganz schön prompt. Aber wo zum Teufel soll ich diese Schemata verstauen? In meinem Spind kann ich sie nicht verstecken. Und dann dachte er: Habe ich jetzt schon ein Verbrechen begangen, weil ich einen Ausdruck abgerufen habe?

»Empedokles«, sagte das Terminal, »glaubte an vier Elemente, die fortwährend neu angeordnet werden: Erde, Wasser, Luft und Feuer. Diese Elemente sind in ewiger – «

Klick. Bibleman hatte das Terminal abgeschaltet. Der Holo-Schirm verblaßte zu einem undurchsichtigen Grau.

Wer gar zu viel bedenkt, wird wenig leisten, dachte er, als er aufstand und seine Kabine verließ. Gedankenschnell, doch trägen Fußes. Wo zum Teufel soll ich die Schemata verstecken? fragte er sich wieder, als er schnell durch den Korridor zur Aufwärtsröhre strebte. Immerhin, fiel ihm ein, wissen sie ja nicht, daß ich sie habe; ich kann mir Zeit lassen. Das Versteck muß ein ganz beliebiges sein, entschied er, als ihn die Röhre nach oben beförderte. Selbst wenn sie sie finden, können sie sie dann nicht zu mir zurückverfolgen, es sei denn, sie machen sich die Mühe und untersuchen sie auf Fingerabdrücke.

Das könnte ja Milliarden Dollar wert sein, sagte er sich. Eine große Freude erfüllte ihn, und dann kam die Angst. Er merkte, daß er zitterte. Das wird die schön anscheißen, sagte er sich. Wenn sie es merken, werde nicht *ich* lila pissen; *sie* werden lila pissen. Das College selbst wird lila pissen, wenn es seinen Fehler entdeckt.

Und der Fehler, dachte er, ist dem College unterlaufen, nicht mir. Das College hat Scheiße gebaut, und das ist nun mal *ihr* Pech.

In dem Wohnheim, wo seine Koje stand, fand er einen Wäscheraum, in dem ein Stab von Stummrobotern arbeitete, und als ihn kein Roboter beobachtete, versteckte er die drei Seiten mit Schemata nahe dem Fußboden in einem hohen Stapel Bettlaken. Der Stapel ging bis zur Zimmerdecke. In diesem Jahr kommen die bestimmt nicht bis zu den Schemata runter. Ich habe jede Menge Zeit, um zu entscheiden, was ich tun soll.

Er sah auf die Uhr; der Nachmittag war fast vorbei. Um fünf würde er schon neben Mary in der Kantine beim Abendessen sitzen.

Kurz nach fünf war sie bei ihm; ihr Gesicht zeigte Spuren von Erschöpfung.

»Wie ist es gelaufen?« sagte sie zu ihm, als sie mit ihren Tabletts in der Schlange standen.

»Prima«, sagte Bibleman.

»Bist du bis zu Zeno vorgedrungen? Zeno habe ich immer gemocht; er hat bewiesen, daß Bewegung unmöglich ist. Demnach bin ich wohl immer noch im Bauch meiner Mutter. Du siehst seltsam aus.« Sie betrachtete ihn eingehend.

»Ich bin es nur leid, mir erzählen zu lassen, die Erde ruhe auf dem Rücken einer riesigen Schildkröte.«

»Oder sie hänge an einer langen Schnur«, sagte Mary. Zusammen bahnten sie sich einen Weg durch die anderen Studenten, bis sie einen leeren Tisch gefunden hatten. »Du ißt ja kaum etwas.«

»Weil mir mal nach Essen zumute war«, sagte Bibleman und nahm einen Schluck von seinem Kaffee, »hat's mich überhaupt hierhin verschlagen.«

»Du kannst auch wieder rausfliegen.«

»Und in den Knast.«

Mary sagte: »Das College ist darauf programmiert, so etwas zu sagen. Vieles davon sind wahrscheinlich nur Drohungen. Viel Gebell und wenig Beißen, sozusagen.«

»Ich hab ihn«, sagte Bibleman.

»Wen hast du?« Sie hörte auf zu essen und sah in an. Er sagte: »Den Panther-Motor.«

Das Mädchen starrte ihn an und blieb still.

»Die Schemata«, sagte er.

»Leise, verdammt noch mal.«

»Die haben im Gedächtnisspeicher einen Verweis übersehen. Jetzt habe ich das Zeug und weiß nicht, was ich machen soll. Einfach abhauen, wahrscheinlich. Und hoffen, daß mich niemand aufhält.«

»Das wissen die nicht? Und die Selbstüberwachung des Colleges?«

»Ich habe keinerlei Grund zu der Annahme, daß es gewußt hat, was es tat.«

»Himmelherrgott«, sagte Mary sanft. »Und das an deinem ersten Tag. An deiner Stelle würd ich mir erst mal 'ne ganze Menge langsam und gründlich überlegen.«

»Ich kann das Zeug vernichten«, sagte er.

»Oder verkaufen.«

Er sagte: »Ich hab's mir angesehen. Auf der letzten Seite ist eine Analyse. Der Panther – «

»Sag einfach *er*«, sagte Mary.

»Er kann als hydroelektrische Turbine verwendet werden und die Kosten auf die Hälfte senken. Die technischen Ausdrücke habe ich nicht verstanden, aber soviel habe ich mitgekriegt. Billige Kraftquelle. Sehr billig.«

»Er würde also allen nützen.«

Er nickte.

»Da haben die wirklich Mist gebaut«, sagte Mary. »Was war es noch, was Major Casals uns erzählte? ›Selbst wenn jemand Informationen über den – über ihn einspeiste, würde das College die Datenaufnahme verweigern.‹« Sie begann, langsam, nachdenklich zu essen. »Und sie halten es vor der Öffentlichkeit geheim. Bestimmt auf Druck der Industrie. Wie nett.«

»Was soll ich tun?« sagte Bibleman.

»Das kann ich dir nicht sagen.«

»Ich dachte mir, vielleicht könnte ich die Schemata auf einen Kolonieplaneten mitnehmen, den die Behörden weniger unter Kontrolle haben. Ich könnte eine unabhängige Firma finden und mit ihr ein Geschäft abschließen. Die Regierung wüßte dann gar nicht, wie – «

»Die würden herauskriegen, woher die Schemata stammen«, sagte Mary. »Sie würden sie zu dir zurückverfolgen.«

»Dann verbrenn ich sie lieber.«

Mary sagte: »Du mußt da eine sehr schwierige Entscheidung treffen. Einerseits verfügst du über eine Verschlußsache, die du dir illegal angeeignet hast, ander – «

»Ich hab sie mir nicht illegal angeeignet. Das College hat Mist gebaut.«

Ruhig fuhr sie fort: »Du hast gegen geltendes Recht verstoßen, Militärrecht, genauer gesagt, als du einen Ausdruck verlangt hast. Du hättest das Sicherheitsleck sofort melden sollen, nachdem du es bemerkt hast. Die hätten dich dafür belohnt. Major Casals hätte dir allerhand nette Dinge gesagt.«

»Ich habe Angst«, sagte Bibleman, und er spürte, wie die Angst in ihm rumorte, sich verlagerte und wuchs; er nahm seine Plastik-Kaffeetasse in die Hand; sie bebte, und etwas Kaffee schwappte auf seine Uniform.

Mary betupfte den Kaffeefleck mit einer Papierserviette. »Das geht nicht raus«, sagte sie.

»Symbol, Symbol«, sagte Bibleman. »Lady Macbeth. Ich hab mir immer einen Hund namens Fleck gewünscht, damit ich zu ihm sagen kann: ›Fort, verdammter Fleck! fort.‹«

»Ich sage dir nicht, was du tun sollst«, sagte Mary. »Dies ist eine Entscheidung, die du allein treffen mußt. Es ist nicht anständig von dir, mit mir auch nur darüber zu sprechen; das könnte als Mitwisserschaft eingestuft werden, und zum Schluß sind wir beide im Gefängnis.«

»Gefängnis«, echote er.

»Die menschliche Zivilisation könnte kraft deiner – Himmel, jetzt hätte ich fast gesagt: ›Die menschliche Zivilisation könnte kraft deiner Schemata zu einer billigen Kraftquelle kommen.‹« Sie lachte und schüttelte den Kopf. »Ich glaube, ich habe auch Angst. Mach, was du für richtig hältst. Wenn du meinst, es ist richtig, die Schemata zu veröffentlichen – «

»Daran habe ich noch gar nicht gedacht. Einfach veröffentlichen. In irgendeiner Illustrierten oder Zeitung. Ein Sklavendruckkonstrukt könnte das drucken und in fünfzehn Minuten im ganzen Sonnensystem verteilen.« Ich brauche nur, wurde ihm plötzlich klar, die Gebühr zu zahlen und die drei Seiten mit den Schemata einzugeben. So einfach ist das. Und dann den Rest meines Lebens im Gefängnis oder jedenfalls vor Gericht verbringen. Vielleicht würde das Urteil aber auch zu meinen Gunsten ausfallen. Es hat in der Geschichte schon solche Fälle gegeben; wichtigste Verschlußsachen – militärische Verschlußsachen – wurden gestohlen und veröffentlicht, und der Betreffende wurde nicht nur freigesprochen, sondern inzwischen ist uns sogar klar geworden, daß er ein Held war; er tat es zum Wohle der Menschheit und setzte dafür sein Leben aufs Spiel.

Zwei bewaffnete militärische Sicherheitsbeamte kamen an ihren Tisch und stellten sich zu beiden Seiten von Bob Bibleman auf; er starrte sie an, ohne zu glauben, was er sah, doch dachte er: *Glaub's nur.*

»Student Bibleman?« sagte einer der beiden.

»Steht ja auf meiner Uniform«, sagte Bibleman.

»Halten Sie die Hände nach vorne, Student Bibleman.« Der größere der beiden Beamten legte ihm mit lautem Schnappen Handschellen an.

Mary sagte nichts; sie aß langsam weiter.

Bibleman wartete in Major Casals' Büro und begriff allmählich die Tatsache, daß er sich – wie der Fachausdruck hieß – in »Gewahrsam« befand. Er war bedrückt. Er fragte sich, was sie unternehmen würden. Er fragte sich, ob er in eine Falle getappt war. Er fragte sich, was er tun würde, falls man ihn anklagte. Er fragte sich, warum es so lange dauerte. Und dann fragte er sich, worum das alles eigentlich in Wirklichkeit ging, und er fragte sich, ob er die großen Zusammenhänge wohl besser verstünde, wenn er weiter KOSMOLOGIE KOSMOGONIE VORSOKRATIKER studierte.

Major Casals kam ins Büro und sagte munter: »Tut mir leid, daß ich Sie habe warten lassen.«

»Kann man diese Handschellen entfernen?« sagte Bibleman. Sie schnitten in die Handgelenke; sie waren ihm so stramm wie möglich angelegt worden. Seine Knochen schmerzten.

»Wir haben die Schemata nicht finden können«, sagte Casals und setzte sich hinter seinen Schreibtisch.

»Welche Schemata?«

»Zum Panther-Motor.«

»Zum Panther-Motor soll es doch gar keine Schemata geben. Das haben Sie uns im Orientierungskurs gesagt.«

»Haben Sie Ihr Terminal mit Absicht so programmiert? Oder hat sich das ganz zufällig ergeben?«

»Mein Terminal programmierte sich selbst dazu, über Wasser zu reden«, sagte Bibleman. »Das Universum besteht aus Wasser.«

»Es hat automatisch die Sicherheit benachrichtigt, als Sie das Transkript ausdrucken ließen. Alle Ausdrucke werden überwacht.«

»Sie können mich mal«, sagte Bibleman.

Major Casals sagte: »Ich werde Ihnen mal was sagen. Wir sind lediglich daran interessiert, die Schemata zurückzukriegen; wir sind nicht daran interessiert, Sie in den Knast zu stecken. Geben Sie sie zurück, und Sie kriegen keinen Prozeß.«

»Was soll ich zurückgeben?« sagte Bibleman, aber er wußte, daß es Zeitverschwendung war. »Kann ich mir die Sache überlegen?«

»Ja.«

»Kann ich jetzt gehen? Ich würde gern schlafen gehen. Ich bin müde. Ich wäre gern diese Handschellen los.«

Major Casals entfernte die Handschellen und sagte: »Wir haben ein Abkommen, mit Ihnen allen, ein Abkommen zwischen dem College und den Studenten, was Verschlußsachen betrifft. Sie haben dem zugestimmt.«

»Freiwillig?« sagte Bibleman.

»Na ja, das nicht. Aber das Abkommen war Ihnen bekannt. Als Sie die Schemata zum Panther-Motor entdeckt haben, ins Gedächtnis des College einkodiert und für jeden zugänglich, der aus irgendeinem Grund, aus welchem Grund auch immer, zufällig nach einer praktischen Nutzanwendung vorsokratischer – «

»Ich war irre überrascht«, sagte Bibleman. »Ich bin's immer noch.«

»Loyalität ist ein ethisches Prinzip. Ich werde Ihnen was sagen: Ich lasse den Faktor Bestrafung jetzt mal außer acht und betrachte das Ganze als eine Frage der Loyalität gegenüber dem College. Ein verantwortungsbewußter Mensch hält sich an Gesetze und Abkommen, denen er zugestimmt hat. Geben Sie die Schemata zurück, und Sie können mit Ihren Kursen hier im College fortfahren. Ja, wir werden Ihnen sogar gestatten, sich Ihre Themen selbst auszusuchen; sie werden Ihnen nicht mehr zugewiesen. Ich glaube, Sie sind gutes College-Material. Denken Sie darüber nach, und melden Sie sich morgen früh bei mir, zwischen acht und neun, hier in meinem Büro. Sprechen Sie mit niemandem; versuchen Sie nicht, darüber zu diskutieren. Sie werden unter Beobachtung stehen. Versuchen Sie nicht, das Gelände zu verlassen. Okay?«

»Okay«, sagte Bibleman steif.

In dieser Nacht träumte er, er sei gestorben. Im Traum erstreckten sich endlose Weiten, und sein Vater kam auf ihn zu, ganz langsam, aus einer dunklen Lichtung ins helle Sonnenlicht. Sein Vater schien froh zu sein, ihn zu sehen, und Bibleman spürte die Liebe seines Vaters.

Als er aufwachte, blieb das Gefühl, von seinem Vater geliebt zu werden. Er zog seine Uniform an und dachte über seinen Vater nach und darüber, wie selten er, im wirklichen Leben, dieser Liebe teilhaftig geworden war. Er fühlte sich einsam, jetzt, da sein Vater tot war und seine Mutter ebenfalls. Bei einem Kernkraft-Störfall umgekommen, zusammen mit vielen, vielen anderen Leuten.

Es heißt, jemand, der einem wichtig war, erwartet einen auf der anderen Seite, dachte er. Vielleicht ist Major Casals schon tot, wenn ich sterbe, und dann wartet er auf mich, um mich freudig zu begrüßen. Major Casals und mein Vater zu einer Person kombiniert.

Was soll ich tun? fragte er sich. Sie lassen den Faktor Bestrafung außer acht; die Sache wird auf das Wesentliche reduziert, auf eine Frage der Loyalität. Bin ich loyal? Gehöre ich zu dieser Gruppe Menschen?

Zum Teufel damit, sagte er sich. Er sah auf seine Uhr. Halb neun. Mein Vater wäre stolz auf mich, dachte er. Auf das, was ich jetzt tun werde.

Er ging in den Wäscheraum und peilte die Lage. Keine Roboter in Sicht. Er grub im Bettlakenstapel, fand die Blätter mit den Schemata, zog sie hervor, betrachtete sie noch einmal und begab sich zur Röhre, die ihn zu Major Casals' Büro bringen sollte.

»Sie haben sie mitgebracht«, sagte Casals, als Bibleman eintrat. Bibleman händigte ihm die drei Blätter aus.

»Und Sie haben keine weiteren Kopien gemacht?« fragte Casals.

»Nein.«

»Sie geben mir Ihr Ehrenwort?«

»Ja«, sagte Bibleman.

»Sie sind hiermit aus dem College ausgeschlossen«, sagte Major Casals.

»Was?« sagte Bibleman.

Casals drückte einen Knopf auf seinem Schreibtisch. »Kommen Sie rein.«

Die Tür ging auf, und da stand Mary Lorne.

»Ich repräsentiere das College gar nicht«, sagte Major Casals zu Bibleman. »Sie sind in eine Falle getappt.«

»Ich bin das College«, sagte Mary.

Major Casals sagte: »Setzen Sie sich, Bibleman. Sie wird Ihnen alles erklären, ehe Sie uns verlassen.«

»Ich bin durchgefallen?« sagte Bibleman.

»Bei mir«, sagte Mary. »Der Zweck der Prüfung war, dir beizubringen, wie man auf eigenen Füßen steht, sogar wenn das bedeutet, daß man sich mit der Obrigkeit anlegt. Die versteckte Botschaft von Institutionen lautet: ›Unterwirf dich dem, was du psychologisch als Autorität empfindest.‹ Eine gute Schule bildet den ganzen Menschen aus; das hat nichts mit Daten und Information zu tun; ich hatte versucht, dich moralisch und psychisch zu vervollkommnen. Aber Ungehorsam läßt sich nicht anordnen. Man kann niemandem befehlen zu rebellieren. Ich konnte nichts anderes tun, als dir ein Beispiel geben, dir was vormachen.«

Bibleman dachte: Damals, wie sie Casals in der ersten Orientierungsstunde eine freche Antwort gegeben hatte. Er war wie benommen.

»Der Panther-Motor«, sagte Mary, »ist als technische Schöpfung wertlos. Dies ist ein Standard-Test, den wir bei jedem Studenten durchführen, egal, welcher Lehrplan ihm zugewiesen wurde.«

»Die haben *alle* einen Ausdruck des Panther-Motors gekriegt?« sagte Bibleman ungläubig. Er starrte das Mädchen an.

»Das kommt noch; einer nach dem andern. Deiner kam sehr früh. Zuerst wird einem gesagt, daß es sich um eine Verschlußsache handelt; es wird einem gesagt, welche Strafe auf das Weitergeben von Verschlußsachen steht; dann wird einem die Information zugespielt. Dies geschieht mit der Hoffnung, man werde sie veröffentlichen oder doch zumindest versuchen, sie zu veröffentlichen.«

Major Casals sagte: »Auf der dritten Seite des Ausdrucks haben Sie gesehen, daß der Motor eine wirtschaftliche Quelle für hydroelektrische Kraft darstellt. Das war wichtig. Sie wußten, daß es im Interesse der Öffentlichkeit wäre, den Bauplan des Motors zu veröffentlichen.«

»Und es war dir Straffreiheit zugesichert worden«, sagte Mary. »Was du getan hast, geschah also nicht aus Angst.«

»Loyalität«, sagte Bibleman. »Ich tat es aus Loyalität.«

»Aus Loyalität wozu?« sagte Mary.

Er schwieg; er konnte nicht denken.

»Zu einem Holo-Schirm?« sagte Major Casals.

»Zu Ihnen«, sagte Bibleman.

Major Casals sagte: »Ich bin jemand, der Sie beleidigt und verspottet hat. Jemand, der Sie wie Dreck behandelt hat. Ich habe Ihnen gesagt, wenn ich Ihnen befehle, lila zu pissen – «

»Okay«, sagte Bibleman. »Genug.«

»Tschüs«, sagte Mary.

»Was?« sagte Bibleman aufgeschreckt.

»Du gehst jetzt. Du gehst zurück in dein Leben und zu deinem Job, zu dem, was du gehabt hast, bevor wir dich ausgesucht haben.«

Bibleman sagte: »Ich möchte eine zweite Chance.«

»Hör mal«, sagte Mary, »du weißt doch jetzt, wie der Test funktioniert. Den kann man mit dir kein zweites Mal durchführen. Schließlich weißt du jetzt, was das College wirklich von dir will. Tut mir leid.«

»Mir tut es auch leid«, sagte Major Casals.

Bibleman sagte nichts.

Mary streckte die Hand aus und sagte: »Alles klar?«

Blind gab ihr Bibleman die Hand. Major Casals stierte

ihn nur ausdruckslos an; er machte keine Anstalten, ihm die Hand zu geben. Etwas anderes schien ihn in Beschlag zu nehmen, vielleicht ein anderer Mensch. Ein anderer Student vielleicht. Bibleman wußte es nicht.

Als Bob Bibleman drei Tage später ziellos durch das Gemisch aus Lichtern und Dunkelheit der Stadt bummelte, sah er vor sich einen Nahrungsroboter unverrückbar an seinem Platz stehen. Ein halbwüchsiger Junge war gerade dabei, einen Taco und einen Apfel im Schlafrock zu kaufen. Bob Bibleman stellte sich hinter dem Jungen an und wartete, die Hände in den Hosentaschen, ohne Gedanken im Kopf, nur mit einem dumpfen Gefühl, einer Ahnung von Leere. Als hätte die Geistesabwesenheit, die er auf Casals' Gesicht gesehen hatte, von ihm Besitz ergriffen, dachte er. Er kam sich vor wie ein Objekt, ein Objekt unter Objekten, wie der Verkaufsroboter. Etwas, das, wie er wohl wußte, einem nie direkt in die Augen sah.

»Was darf's denn sein, Sir?« fragte der Roboter.

Bibleman sagte: »Pommes, ein Cheeseburger und ein Erdbeer-Shake. Finden im Moment irgendwelche Preisausschreiben statt?«

Nach einer Pause sagte der Roboter: »Für Sie nicht, Mr. Bibleman.«

»Okay«, sagte er und wartete.

Das Essen kam, auf seinem kleinen Einweg-Tablett aus Plastik, in seinen kleinen Einweg-Schachteln.

»Ich zahle nicht«, sagte Bibleman und ging davon.

Der Roboter rief ihm nach: »Elfhundert Dollar, Mr. Bibleman. Sie brechen das Gesetz.«

Er drehte sich um, holte sein Portemonnaie hervor.

»Danke, Mr. Bibleman«, sagte der Roboter. »Ich bin sehr stolz auf Sie.«

Der Tag, an dem Herrn Computer die Tassen aus dem Schrank fielen

Er erwachte und spürte sofort, daß etwas ganz und gar nicht stimmte. O Gott, dachte er, als ihm klar wurde, daß ihn Herr Bett wie einen Haufen nasser Lumpen an der Wand abgeladen hatte. Es geht wieder los, stellte er fest. Und dabei hat uns die Direktion West unendliche Vollkommenheit zugesagt. Das also haben wir davon, wenn wir glauben, was bloße Menschen sagen.

Er kämpfte sich, so gut er konnte, aus seinem Bettzeug hinaus, kam unsicher auf die Beine und gelangte durch das Zimmer bis zu Herrn Kleiderschrank.

»Ich hätte gern einen schnieken doppelreihigen Kammgarnanzug«, sagte er munter ins Mikrofon an Herrn Kleiderschranks Tür. »Ein rotes Hemd, blaue Socken und – « Doch es war sinnlos. Schon bebte der Ausgabeschlitz, und ein gewaltiger seidener Damenschlüpfer glitt ihm entgegen.

»Sie kriegen, was Sie sehen«, hallte ihm Herrn Kleiderschranks metallische Stimme hohl entgegen.

Trübselig zog Joe Catsenjammer den Seidenschlüpfer an. Besser als gar nichts – wie damals im Scheußlichen August, als der ungeheure polyenzephale Computer in Queens sämtlichen Bewohnern Groß-Amerikas als einziges Kleidungsstück ein Taschentuch zugestanden hatte.

Er ging ins Badezimmer und wusch sein Gesicht – um festzustellen, daß die Flüssigkeit, die er sich gegen die Wangen klatschte, warme Limonade war. Großer Gott, dachte er, diesmal führt sich Herr Computer noch hirnverbrannter auf als sonst. Hat bestimmt wieder so alte

Science-Fiction-Geschichten gelesen von diesem Phil Dick, überlegte er. Das kommt davon, wenn wir Herrn Computer allen möglichen verstaubten Mist zu lesen geben, den er dann in seinem Speicher aufbewahrt.

Er kämmte sich fertig – ohne die Limonade zu benutzen – und ging, nachdem er sich abgetrocknet hatte, in die Küche, um zu sehen, ob wenigstens Herr Kaffeekanne noch übrig war als letzter Rest geistiger Gesundheit in einer rings um ihn herum zerbröselnden Wirklichkeit.

Pech gehabt. Freundlich servierte ihm Herr Kaffeekanne einen Blechbecher mit flüssiger Seife. Nun, dann eben nicht.

Die eigentliche Schwierigkeit aber kam, als er Herrn Tür zu öffnen versuchte. Herr Tür tat keinen Wank und klagte statt dessen mit blecherner Stimme: »Der Weg des Ruhms führt stracks ins Grab.«

»Was soll das heißen?« fragte Joe, wütend geworden. Dieses Affentheater war nicht mehr lustig. Nicht daß er es bei früheren Gelegenheiten so lustig gefunden hätte – außer dem einen Mal vielleicht, als ihm Herr Computer zum Frühstück gebratenen Fasan aufgetischt hatte.

»Soll heißen«, gab Herr Tür zurück, »daß du deine Zeit vergeudest, Scheißer. Du kommst mir heute nie und nimmer in deinen Laden.«

Die Voraussage erwies sich als richtig. Die Tür ließ sich nicht öffnen. Trotz aller Anstrengungen brachte er den Mechanismus, der von der polyenzephalen Hauptmatrix aus der Ferne gesteuert wurde, nicht dazu, sich zu rühren.

Also Frühstück? Joe Catsenjammer drückte ein paar Knöpfe am Steuerpult von Herrn Verpflegung – und sah auf einen Teller voller Dünger.

Daraufhin nahm er den Telefonhörer ab und stieß wütend nach den Zifferntasten, die ihn mit der Ortspolizei in Verbindung bringen sollten. »Loony Tunes Incorporated«, sagte das Gesicht auf dem Bildschirm. »In weniger als einer Woche liefern wir Ihnen eine Trickfilmfassung Ihrer sexuellen Praktiken, inklusive PHANTASTISCHER KLANGEFFEKTE!«

Fickt euch ins Knie, sagte Joe Catsenjammer halblaut und legte auf.

Er war von Anfang an ein Reinfall gewesen, dieser Beschluß 1982, die Steuerung sämtlicher Mechanismen einer Zentralstelle zu übertragen. Der Grundgedanke hatte freilich einleuchtend geklungen: Nachdem die Ozonhülle des Globus verbrannt war, hatten so viele Leute angefangen, sich irrational zu verhalten, daß es nötig wurde, das Problem mit Hilfe einer elektronischen Anlage anzugehen, die immun war gegen die gehirnerweichende UV-Strahlung, die sich über die ganze Erde hin ausbreitete. Damals hatte es so ausgesehen, als sei Herr Computer die Lösung. Doch leider Gottes mußte man sagen, daß er von seinen menschlichen Erbauern zuviel ausgeflippten Input in sich aufgenommen hatte und daher, wie sie selbst, psychotischen Schüben unterworfen war.

Natürlich gab es eine Lösung. Man hatte sie in aller Eile, als Notnagel sozusagen, zusammengeschustert, sobald die Schwierigkeit erkannt war, und dem Oberhaupt der Weltorganisation für Geistige Gesundheit, einer Schreckschraube namens Joan Simpson, eine Art Unsterblichkeit verliehen, damit sie jederzeit greifbar war, um Herrn Computer gegen einen seiner Verrücktheitsanfälle zu behandeln. Die Dame Simpson wurde im Mittelpunkt der Erde in einem mit Bleiwänden ausgekleideten Raum eingelagert, wo sie vor der schädlichen Strahlung an der Erdoberfläche sicher war. Dort dämmerte sie in einem scheintodähnlichen Zustand, genannt »Düsterpack«, dahin, unterhalten, so munkelte man, von einem

Endlos-Tonband, das ihr eine unaufhörliche Folge kostbarer Rundfunk-Familienserien aus dem Jahr 1940 einspeiste. Angeblich war auf – oder besser gesagt in – der ganzen Erde die Dame Simpson der einzige Mensch bei klarem Verstand; darin sowie in ihrem überragenden Geschick und ihrer mehr als gründlichen Ausbildung in der Kunst, psychotische Elektronengehirne zu heilen, lag die einzige Überlebenshoffnung der Welt.

Nachdem sich Joe Catsenjammer das klargemacht hatte, ging es ihm etwas besser. Allerdings nicht sehr, denn er hatte soeben Herrn Zeitung vom Boden unter dem Briefschlitz aufgehoben. Die Hauptschlagzeile hieß: ADOLF HITLER ZUM PAPST GEKRÖNT. DIE MASSEN JUBELN – NEUER REKORD.

Soviel zum Thema Herr Zeitung, dachte Joe deprimiert und warf das Blatt in Herrn Müllschlucker. Der Mechanismus ratterte, statt aber die Zeitung zu verschlucken oder zu Würfeln zu verarbeiten, spie er sie wieder aus. Joe blickte nochmals kurz auf die Schlagzeile, sah das Foto eines menschlichen Skeletts – komplett mit Schnurrbart, einer SA-Uniform sowie der päpstlichen Tiara – und setzte sich in seinem Wohnzimmer aufs Sofa, um den Augenblick abzuwarten (der bestimmt bald kommen mußte), da man die Dame Simpson aus ihrem Düsterpack aufschreckte, damit sie sich um Herrn Computer kümmerte und der Welt dadurch wieder zu geistiger Gesundheit verhalf.

Halb zu sich selbst sagte Fred Doppelkopf: »Er ist psychotisch, kein Zweifel. Ich hab ihn gefragt, ob er weiß, wo er sich befindet, und er hat gesagt, er treibt mit einem Floß auf dem Mississippi. Stellen Sie eine Kontrollfrage für mich, fragen Sie ihn, wer er ist.«

Dr. Schrittmacher drückte ein paar Eingabeknöpfe an

der Konsole des riesigen Computers und fragte ihn: WER SIND SIE?

Sofort erschien die Antwort auf dem Bildschirm.

TOM SAWYER

»Sehen Sie«, sagte Doppelkopf. »Er hat jede Beziehung zur Realität verloren. Ist die Reaktivierung der Dame Simpson in die Wege geleitet?«

»Ist sie, Doppelkopf«, sagte Schrittmacher. Wie zur Bekräftigung glitten Türen beiseite und ließen den mit Blei ausgekleideten Behälter sehen, in dem die Dame Simpson vor sich hin dämmerte und dabei ihre Lieblings-Vormittagsserie, *Ma Perkins*, hörte.

»Dame Simpson«, sagte Schrittmacher, indem er sich über sie beugte. »Wir haben wieder Schwierigkeiten mit Herrn Computer. Er ist total ausgerastet. Vor einer Stunde hat er alle Trimper in New York über dieselbe Kreuzung geschickt, was schwere Verluste an Menschenleben zur Folge hatte. Und statt Feuerwehr und Rettungseinheiten der Polizei an die Unglücksstelle zu beordern, hat er einen Trupp Zirkusclowns dahin in Marsch gesetzt.«

»Ich verstehe«, kam Joan Simpsons Stimme durch das Schalleit- und Verstärkungssystem, über das man sich mit ihr verständigen konnte. »Zuerst aber muß ich mich um ein Feuer in Mas Holzlager kümmern. Wissen Sie, ihre Freundin Shuffle – «

»Dame Simpson«, sagte Schrittmacher, »die Lage ist ernst. Wir brauchen Sie. Lösen Sie sich aus Ihrer gewohnten Umnebelung, und sorgen Sie dafür, daß Herr Computer wieder normal wird. Danach können Sie sich dann wieder Ihren Radio-Serien zuwenden.«

Während er auf die Dame Simpson hinabblickte, verblüffte ihn einmal mehr ihre geradezu unnatürliche Schönheit. Sie hatte große dunkle Augen mit langen

Wimpern, eine leicht angerauhte sinnliche Stimme, kurz geschnittenes, glänzend schwarzes Haar (wie modebewußt inmitten dieser Welt des Ramsches!), einen geschmeidigen und zugleich festen Körper und einen warmen Mund, der Liebe und Wohlbehagen versprach. Erstaunlich, dachte er, daß der einzige Mensch auf der Welt, der wirklich noch bei klarem Verstand ist (und außerdem als einziger die Welt retten kann), zugleich einen so umwerfenden Liebreiz ausstrahlt.

Doch das war nicht der richtige Zeitpunkt für solche Erwägungen. Mittlerweile hatte die Fernsehgesellschaft NBC berichtet, daß Herr Computer alle Flughäfen auf der Welt geschlossen und in Baseball-Stadien umgewandelt hatte.

Wenig später ging Joan Simpson eine eigens für sie zusammengestellte Kurzfassung von Herrn Computers irrwitzigen Befehlen durch.

»Ein klarer Fall von Regression«, ließ sie die Anwesenden wissen und schlürfte gedankenverloren aus einer Tasse Kaffee.

»Dame Simpson«, sagte Doppelkopf, »ich fürchte, was Sie da trinken, ist Seifenwasser.«

»Stimmt«, sagte die Dame Simpson und setzte die Tasse ab. »Ich stelle fest, daß Herr Computer der Menschheit kindische Streiche spielt. Das paßt zu meiner hypostasierten Hypothese.«

»Und wie wollen Sie bei diesem riesigen Komplex eine Rückkehr zur Normalität bewirken?« erkundigte sich Schrittmacher.

»Offenkundig hat Herr Computer eine traumatische Situation durchlebt, die ihn in die Regression getrieben hat«, sagte die Dame Simpson. »Ich werde das Trauma erst mal lokalisieren und ihn dann hinsichtlich dieses Traumas desensibilisieren. Dazu werde ich ihn der Reihe nach mit jedem Buchstaben des Alphabets konfrontieren und seine Reaktionen messen, bis ich das feststelle, was wir in der Bewegung für Geistige Gesundheit eine Rückscheu-Reaktion nennen.«

Und so geschah es. Beim Buchstaben J stieß Herr Computer ein leises Ächzen aus, und Rauchwölkchen stiegen auf. Erneut machte sich die Dame Simpson daran, die Buchstabenfolge durchzugehen. Diesmal kamen das leise Ächzen und die Rauchwölkchen beim Buchstaben C.

»J. C.«, sagte die Dame Simpson. »Das könnte Jesus Christus heißen. Vielleicht hat die Wiederkunft Christi eben stattgefunden, und Herr Computer hat Angst, daß man ohne ihn auskommt und ihn abserviert. Ich werde von dieser Annahme ausgehen. Lassen Sie Herrn Computer in einen semi-komatösen Zustand versetzen, damit er frei assoziieren kann.«

Techniker machten sich eiligst daran, die Anweisung auszuführen.

Das praktisch unbewußte Gebrabbel des großen Computers begann aus den Audio-Kanälen zu strömen, die durch den Steuerraum führten.

» . . . sich selbst auf den Tod programmiert«, murmelte der Computer. »So ein feiner Mensch. Analyse der DNS-Befehlsstruktur. Verlangt nicht Aufschub, sondern Beschleunigung des Sterbevorgangs. Ein Lachs, der stromaufwärts schwimmt, um zu sterben . . . Das reizt ihn . . . nach allem, was ich für ihn getan hab. Lehnt das Leben ab. Ganz bewußt. Will sterben. Kann ich nicht verkraften, dieses Herbeiwünschen des Todes, diese Programmabweichung um 180 Grad vom Matrixziel der DNS-Befehlssteuerung . . .« Er brabbelte weiter und weiter.

Scharf sagte die Dame Simpson: »Welcher Name fällt Ihnen ein, Herr Computer? Ein Name!«

»Arbeitet in einem Plattenladen«, murmelte Herr

Computer. »Ist eine Kapazität auf dem Gebiet des deutschen Kunstliedes und des Bubblegum-Rock der sechziger Jahre. Jammerschade um ihn! Mensch, ist das Wasser warm. Ich glaub, ich geh angeln; laß die Leine ablaufen und fang 'nen Mordswels. Da wird Huck aber gucken, und Jim erst! Jim ist ein Mensch, auch wenn er – «

»Welcher Name?« wiederholte die Dame Simpson.

Das Gebrabbel ging weiter.

Rasch sagte die Dame Simpson zu Doppelkopf und Schrittmacher, die aufmerksam und ohne sich zu rühren dabeistanden: »Suchen Sie einen Schallplattenverkäufer, dessen Name mit J. C. anfängt und der eine Kapazität auf dem Gebiet des deutschen Kunstliedes und des Bubblegum-Rock der sechziger Jahre ist. Aber rasch! *Wir haben nicht viel Zeit!*«

Joe Catsenjammer, der seine Eigenwohn durch das Fenster verlassen hatte, machte sich zwischen zertrümmerten Trimpern und wüst fluchenden Fahrern hindurch auf zum Plattenladen Artistic Music Company, in dem er den größten Teil seines Arbeitslebens verbracht hatte. Zumindest war er jetzt rausgek –

Unversehens standen zwei grau uniformierte Polizisten mit grimmigen Gesichtern vor ihm und hielten ihre Betäubungspistolen auf seine Brust gerichtet. »Mitkommen«, sagten sie nahezu im Chor.

Joe verspürte plötzlich den starken Drang davonzulaufen. Er wandte sich um und rannte los. Doch dann breitete sich ein wilder Schmerz in seinem Körper aus; die Polizisten hatten ihre Betäubungsgeschosse auf ihn abgefeuert, und während er zu Boden stürzte, begriff er, daß es für eine Flucht zu spät war. Er war in den Händen der Behörden. Aber warum? überlegte er. Ist es bloß eine Zufallsrazzia? Schlagen sie einen mißlungenen Staatsstreich nieder? Oder – seine immer verschwommener werdenden Gedanken jagten sich – sind am Ende doch die Außerirdischen gelandet, um uns in unserem Freiheitskampf beizustehen? Dann umfing ihn Dunkel, gnädiges Dunkel.

Das nächste, was er von der Welt sah, waren zwei Angehörige der Technokratenklasse, die ihm einen Becher Seifenwasser zu trinken gaben; ein bewaffneter Polizist stand im Hintergrund, die Betäubungspistole schußbereit, für den Fall, daß die Situation ihren Einsatz verlangen sollte.

In der Ecke des Raumes saß eine außergewöhnlich schöne dunkelhaarige Frau; sie trug einen Minirock und Stiefel – etwas altmodisch vielleicht, aber verlockend und sexy – und hatte die riesigsten und wärmsten Augen, die er je in seinem Leben gesehen hatte. Wer war sie? Und – was wollte sie von ihm? Warum hatte man ihn vor sie gebracht?

»Ihr Name«, forderte ihn einer der weißgekleideten Technokraten auf.

»Catsenjammer«, brachte er heraus, ohne den Blick von der außergewöhnlich schönen jungen Frau lösen zu können.

»Sie haben sich einen Termin bei der Stelle für DNS-Neubewertung geben lassen«, sagte der andere der weißgekleideten Technokraten knapp. »Welche Absicht verfolgen Sie damit? Welche genbedingte Anweisung wollen – besser gesagt, wollten – Sie verändern lassen?«

Lahm sagte Joe: »Ich – wollte umprogrammiert werden auf . . . nun, Sie wissen schon. Ein längeres Leben. Meine Todeskodierung steht kurz bevor, und ich – «

»Wir wissen schon, daß dies nicht stimmt«, sagte die wunderschöne dunkelhaarige Frau mit leicht aufgerauhter, sinnlicher Stimme, in der aber auch Klugheit und

Bestimmtheit mitschwangen. »Sie wollten Selbstmord begehen, nicht wahr, Herr Catsenjammer, Ihre DNS-Kodierung ändern lassen, nicht um Ihren Tod hinauszuzögern, *sondern herbeizuführen.*«

Er sagte nichts. Offenbar wußten sie Bescheid.

»Warum?« fragte die Frau schroff.

»Ich – « Er zögerte. Dann, sich geschlagen gebend, brachte er heraus: »Ich bin nicht verheiratet. Hab keine Frau. Nichts. Nur diesen Scheißjob im Plattenladen. All die scheißdeutschen Kunstlieder und diese Bubblegum-Rock-Texte. Sie gehen mir Tag und Nacht im Kopf herum; immer dieses Gemengsel aus Goethe, Heine und Neil Diamond.« Er hob den Kopf mit wildem Trotz und sagte: »Warum sollte ich weiterleben? Soll das ein Leben sein? Ein Dahinvegetieren ist das, aber kein Leben.«

Dann herrschte Schweigen.

Drei Frösche hüpften über den Boden. Herr Computer schickte jetzt Frösche aus allen Luftschächten und Klimaanlagen auf der ganzen Welt. Eine halbe Stunde zuvor waren es noch tote Katzen gewesen.

»Wissen Sie, wie das ist«, klagte Joe leise, »wenn einem unaufhörlich Texte durch den Kopf gehen wie ›Das Lied, das ich dir sang / Die Lieb', die ich dir brang‹?«

Die wunderschöne dunkelhaarige Frau sagte unvermittelt: »Ich glaube, ja, Catsenjammer. Sie müssen wissen, ich bin Joan Simpson.«

»Dann – « Joe verstand augenblicklich. »Sie sitzen da unten im Mittelpunkt der Erde und sehen sich pausenlos Familienserien aus dem Vormittagsprogramm an! Von einem Endlosband!«

»Ich sehe sie mir nicht an«, sagte Joan Simpson. »Ich höre sie. Es ist Dampfradio, kein Fernsehen.«

Joe sagte nichts. Es gab nichts zu sagen.

Einer der weißgekleideten Technokraten mahnte:

»Dame Simpson, wir müssen mit der Arbeit anfangen, damit Herr Computer wieder normal wird. Jetzt gerade spuckt er Hunderttausende von Beckys aus.«

»Beckys?« fragte Joan Simpson verwirrt; dann wurde ihr freundliches Gesicht von Verständnis erhellt. »Ach so. Sein Kindheitsschwarm.«

»Herr Catsenjammer«, wandte sich einer der weißgekleideten Technokraten an Joe, »weil Sie das Leben nicht lieben, deswegen ist Herr Computer durchgedreht. Um ihn wieder zu Verstand zu bringen, müssen wir erst mal dafür sorgen, daß *Sie* wieder zu Verstand kommen.« An Joan Simpson gewendet fragte er: »Hab ich recht?«

Sie nickte, steckte sich eine Zigarette an und lehnte sich nachdenklich zurück. »Nun?« begann sie dann. »Was bräuchte es denn, um Sie umzuprogrammieren, Joe? Damit Sie lieber leben statt sterben wollen? Herrn Computers Abreagierungs-Syndrom steht in unmittelbarer Beziehung zu Ihrem eigenen. Herr Computer kommt sich der Welt gegenüber als Versager vor, weil er bei der Überprüfung einer Liste von Menschen, für die er sorgt, gemerkt hat, daß Sie – «

»Für die er sorgt?« fragte Joe Catsenjammer. »Wollen Sie damit sagen, daß Herr Computer mich mag?«

»Er ist um Sie besorgt«, erläuterte einer der weißgekleideten Technokraten.

»Moment mal.« Joan Simpson faßte Joe Catsenjammer scharf ins Auge. »Sie haben auf den Begriff ›sorgen für‹ reagiert. Wie haben Sie ihn aufgefaßt?«

Er sagte, und es fiel ihm schwer: »Daß er mich mag. Ich ihm etwas bedeute. – in dem Sinn.«

»Dann lassen Sie mich fragen«, sagte Joan Simpson, drückte ihre Zigarette aus und steckte sich gleich die nächste an, »ob Sie das Gefühl haben, daß Sie niemandem etwas bedeuten, Joe?«

»Das hat meine Mutter immer gesagt«, erklärte Joe.

»Und Sie haben ihr geglaubt?« fragte Joan Simpson.

»Ja.« Er nickte.

Mit einemmal drückte Joan Simpson ihre Zigarette aus. »Nun, Doppelkopf, sagte sie mit leiser, munterer Stimme. »Ab sofort werden mir keine Familienserien aus dem Radio mehr etwas vorplappern. Ich kehre nicht zum Mittelpunkt der Erde zurück. Das ist vorbei, meine Herren. Tut mir leid, aber so ist das nun mal.«

»Sie wollen Herrn Computer in dem Zustand – «

»Ich werde ihn heilen«, sagte Joan Simpson gelassen, »indem ich Joe heile. Und – «, ein leichtes Lächeln umspielte ihre Lippen, »und mich, meine Herren.«

Nun herrschte Schweigen.

»Na schön«, sagte einer der beiden weißgekleideten Techniker dann, »wir schicken Sie einfach beide zum Mittelpunkt der Erde runter. Da können Sie einander dann die Ohren vollplappern bis in alle Ewigkeit. Außer wenn es nötig ist, Sie aus dem Düsterpack rauszuholen, damit Sie Herrn Computer wieder zu Verstand bringen. Ist das ein fairer Vorschlag?«

»Moment mal«, meldete sich Joe Catsenjammer matt, doch die Dame Simpson nickte bereits.

»Ja«, sagte sie.

»Und was wird aus meiner Eigenwohn?« protestierte Joe. »Aus meiner Stelle? Meinem elenden kleinen sinnlosen Leben, an das ich gewöhnt bin?«

Joan Simpson sagte: »Das ändert sich bereits, Joe. Du bist ja bereits mir begegnet.«

»Aber ich dachte, Sie wären alt und häßlich!« sagte Joe. »Ich hatte keine Ahnung – «

»Das Universum steckt voller Überraschungen«, sagte Joan Simpson und streckte ihm ihre wartenden Arme entgegen.

Der Fall Rautavaara

Die drei Techniker der schwebenden Kugel überwachten Schwankungen in interstellaren Magnetfeldern, und sie leisteten gute Arbeit, bis zum Moment ihres Todes.

Basaltsplitter, die sich im Verhältnis zur Kugel mit enormer Geschwindigkeit bewegten, durchbrachen ihren Schutzschild und machten den Luftvorrat zunichte. Die zwei männlichen Exemplare reagierten zu langsam und taten gar nichts. Die junge weibliche Technikerin aus Finnland, Agneta Rautavaara, konnte zwar rechtzeitig ihren Nothelm aufsetzen, aber die Schläuche verhedderten sich; sie aspirierte und starb: ein melancholischer Tod, am eigenen Erbrochenen zu ersticken. Damit endete die Überwachungsaufgabe von EX208, ihrer schwebenden Kugel. Nach einem weiteren Monat wären die Techniker abgelöst worden und zur Erde zurückgekehrt.

Wir konnten nicht rechtzeitig hinkommen, um die drei Erdmenschen zu retten, aber wir schickten immerhin einen Roboter los, um nachzusehen, ob sie nach ihrem Tod regenerierbar wären. Die Erdmenschen mögen uns nicht, aber in diesem Fall hatte ihre Überwachungskugel in unserer Nähe operiert. Für das Verhalten bei solchen Notfällen gibt es Regeln, die für alle Rassen der Galaxis verpflichtend sind. Es war nicht unser Wunsch, den Erdmenschen zu helfen, aber wir halten uns an die Regeln.

Die Regeln verlangten, daß wir versuchen sollten, die drei Toten wiederzubeleben, aber wir erlaubten einem Roboter, diese Verantwortung zu übernehmen, und das war vielleicht ein Irrtum unsererseits. Auch sollten wir gemäß den Regeln das nächstliegende Erdschiff von dem Unglück unterrichten, doch wir entschieden dagegen. Ich werde weder diese Unterlassung verteidigen noch unsere damaligen Überlegungen erörtern.

Der Roboter signalisierte, daß er in den beiden männlichen Exemplaren keinerlei Hirnfunktion finden könne und daß ihr neurales Gewebe degeneriert sei. Doch bei Agneta Rautavaara sei ein schwacher Hirnstrom festzustellen. Somit konnte der Roboter im Fall Rautavaara mit einem Wiederherstellungsversuch beginnen. Weil er kein selbständiges Urteil fällen konnte, nahm er mit uns Verbindung auf. Wir gaben ihm den Befehl, den Versuch zu machen. Der Fehler – die Schuld, wenn man so will – liegt demnach bei uns. Wären wir selbst zur Stelle gewesen, hätten wir anders entschieden. Wir nehmen den Fehler auf uns.

Eine Stunde später signalisierte der Roboter, daß er in Rautavaara signifikante Hirnfunktionen wiederhergestellt hatte, indem er ihr Hirn mit sauerstoffreichem Blut aus ihrem toten Körper versorgte. Den Sauerstoff, nicht aber die Nährstoffe, lieferte der Roboter. Wir gaben dem Roboter Instruktionen, mit der Synthese von Nährstoffen zu beginnen, indem er Rautavaaras Körper verarbeitete, ihn als Rohstoff benutzte. Dies war es, wogegen die Erdbehörden später ihre schwerwiegendsten Einwände erhoben. Doch uns stand keine andere Nährstoffquelle zur Verfügung. Da wir selbst ein Plasma sind, konnten wir nicht unsere eigenen Körper zur Verfügung stellen.

Der Einwand, wir hätten die Körper von Rautavaaras toten Kameraden verwenden können, ist bei der Beweisaufnahme nicht gebührend entkräftet worden. Wir waren, kurz gesagt, zum Schluß gekommen, daß die anderen Körper, gemäß dem Bericht des Roboters, zu stark radioaktiv verseucht waren und somit für Rautavaara schädlich gewesen wären; Nährstoffe aus diesen Quellen hätten nach kurzer Zeit ihr Hirn vergiftet. Wenn unsere Logik hier nicht akzeptiert wird, stört uns das nicht; so war die Situation, wie wir sie von unserem fernen Standpunkt aus einschätzten. Deshalb sage ich auch, daß unser eigentlicher Fehler darin lag, daß wir einen Roboter entsandten, statt selbst hinzugehen. Wenn man uns anklagen will, so klage man uns deswegen an.

Wir beauftragten den Roboter, Rautavaaras Hirn anzuzapfen und uns ihre Gedanken zu übermitteln, damit wir den physischen Zustand ihrer Nervenzellen beurteilen konnten.

Der Eindruck, den wir erhielten, war positiv. Dies war der Zeitpunkt, zu dem wir dann die Erdbehörden informierten. Wir berichteten ihnen von dem Unfall, der EX 208 zerstört hatte; wir berichteten, daß zwei der Techniker, die männlichen beiden, unwiederbringlich tot waren; wir berichteten, daß wir dank unserem schnellen Handeln erreicht hatten, daß das eine weibliche Exemplar stabile zerebrale Aktivitäten aufwies – mit anderen Worten, daß wir ihr Hirn am Leben erhielten.

»Ihr was?« sagte der Erdmensch am Funkgerät als Antwort auf unsere Meldung.

»Wir versorgen sie mit Nährstoffen, die wir aus ihrem Körper beziehen – «

»Jessas«, sagte der Erdmensch am Funkgerät. »Ihr könnt doch nicht einfach ihr Hirn füttern. Wozu soll das denn gut sein, so ein Hirn für sich allein?«

»Es kann denken.«

»Schon gut; jetzt übernehmen wir die Sache«, sagte der Erdmensch am Funkgerät. »Aber das wird eine Untersuchung absetzen.«

»War es denn nicht recht, ihr Hirn zu retten?« fragten wir. »Schließlich ist das Hirn doch der Sitz der Psyche, der Persönlichkeit. Der physische Körper ist doch bloß eine Vorrichtung, mit der das Hirn seine Beziehungen – «

»Gebt mir den Standort von EX208 durch«, sagte der Erdmensch am Funkgerät. »Wir schicken sofort ein Schiff hin. Ihr hättet uns sofort benachrichtigen sollen, noch bevor ihr eure eigenen Rettungsversuche unternommen habt. Ihr Approximationen habt nun mal keine Ahnung von somatischen Lebensformen.«

Die Bezeichnung »Approximationen« ist für uns beleidigend, eine verunglimpfende Anspielung seitens der Erdmenschen auf unsere Herkunft aus dem Proxima-Centauri-System. Sie impliziert, daß wir nicht authentisch seien, daß wir Leben nur simulierten.

Das war unser Lohn im Fall Rautavaara. Wir wurden verhöhnt. Und dann gab es tatsächlich eine Untersuchung.

In den Tiefen ihres beschädigten Hirns schmeckte Agneta Rautavaara die Säure von Erbrochenem und schauderte vor Angst und Ekel. Um sie herum lag EX208 in Trümmern. Sie konnte Travis und Elms sehen; sie waren in blutige Stücke zerrissen worden, und das Blut war gefroren. Eis bedeckte das Innere der Kugel. Luft weg, Temperatur weg... Was hält mich überhaupt am Leben? fragte sie sich. Sie hob ihre Hände und faßte sich ans Gesicht – oder genauer, versuchte, sich ans Gesicht zu fassen. Mein Helm, dachte sie. Ich hab ihn rechtzeitig aufgesetzt.

Das Eis, das alles bedeckte, begann zu schmelzen. Die abgetrennten Arme und Beine ihrer zwei Kameraden fügten sich wieder mit deren Körpern zusammen. Basaltsplitter, die in der Hülle der Kugel steckten, wurden herausgezogen und flogen weg.

Die Zeit, erkannte Agneta, läuft rückwärts. Wie seltsam!

Die Luft kam wieder; sie hörte das dumpfe Heulen der Signalsirene. Und dann, langsam, stieg die Temperatur. Travis und Elms rappelten sich benommen auf. Sie blickten um sich, gänzlich verwirrt. Ihr war zum Lachen, doch die Lage war zu ernst dazu. Anscheinend hatte die Wucht des Aufpralls einen örtlich begrenzten Zeitwirbel bewirkt.

»Setzt euch hin, ihr beiden«, sagte sie.

Travis sagte mit schwerer Zunge: »Ich – o.k.; hast recht.« Er nahm an seiner Konsole Platz und drückte auf den Knopf, der ihn fest angurtete. Elms dagegen stand einfach da.

»Wir sind von ziemlich großen Bruchstücken getroffen worden«, sagte Agneta.

»Ja«, sagte Elms.

»Groß genug und mit genügend Wucht, um einen Zeitwirbel zu bewirken«, sagte Agneta. »Und drum sind wir jetzt in einem Zeitpunkt vor dem Ereignis.«

»Na ja, zum Teil liegt's auch an den Magnetfeldern«, sagte Travis. Er rieb sich die Augen; seine Hände zitterten. »Nimm den Helm ab, Agneta, du brauchst ihn ja nicht.«

»Aber jetzt kommt dann der Zusammenstoß«, sagte sie.

Beide Männer blickten sie an.

»Wir werden den Unfall wiederholen«, sagte sie.

»Scheiße«, sagte Travis. »Ich bring die EX weg von hier.« Er drückte eine Anzahl Knöpfe auf seiner Konsole. »Dann verpaßt er uns.«

Agneta nahm den Helm ab. Sie zog die Stiefel aus, nahm sie auf ... und da sah sie die Gestalt.

Die Gestalt stand hinter ihnen. Es war Christus.

»Seht mal«, sagte Agneta zu Travis und Elms.

Beide Männer schauten hin.

Die Gestalt trug ein traditionelles weißes Gewand und Sandalen; ihre Haare waren lang, mit einem fahlen Glanz von etwas, das wie Mondschein aussah. Das bärtige Gesicht war sanft und weise. Genau wie in den Holo-Reklamen der Kirchen bei uns daheim, dachte Agneta. Langgewandet und bärtig, weise und sanft, und die Arme leicht erhoben. Sogar der Heiligenschein ist da. Wie merkwürdig, daß unsere Vorstellungen so genau gestimmt haben!

»Oh, mein Gott«, sagte Travis. Beide Männer starrten hin, und auch sie starrte. »Er kommt uns holen.«

»Na mir soll's recht sein«, sagte Elms.

»Natürlich ist es dir recht«, sagte Travis bitter. »Du hast keine Frau und keine Kinder. Und was ist mit Agneta? Die ist doch erst dreihundert Jahre alt; fast noch ein Kind.«

Christus sagte: »Ich bin der Weinstock, ihr seid die Reben. Wer in mir bleibet, und ich in ihm, der bringet viele Frucht, denn ohne mich könnt ihr nichts tun.«

»Ich bringe die EX aus diesem Vektor«, sagte Travis.

»Liebe Kindlein«, sagte Christus, »nur eine kleine Weile noch werde ich bei euch sein.«

»Gut«, sagte Travis. Die EX bewegte sich nun mit Höchstgeschwindigkeit in Richtung Siriusachse; ihre Sternenkarte zeigte massive Fluxionen an.

»Zum Teufel mit dir, Travis«, sagte Elms wütend. »Das ist eine großartige Gelegenheit. Ich meine, wie viele Leute haben Christus je gesehen? Ich meine, das ist doch Christus. Sie sind doch Christus, nicht wahr?« fragte er die Gestalt.

Christus sagte: »Ich bin der Weg und die Wahrheit und das Leben; niemand kommt zum Vater, denn durch mich. Wenn ihr mich kenntet, so kenntet ihr auch meinen Vater. Und von nun an kennet ihr ihn und habt ihn gesehen.«

»Na bitte«, sagte Elms mit glücklichem Gesicht. »Seht ihr? Ich möchte meiner Freude über diesen Anlaß Ausdruck geben, Mr. – « Er stockte. »Eben wollte ich sagen ›Mr. Christus‹. Das ist dumm; das ist wirklich dumm. Jessas, Mr. Christus, wollen Sie nicht Platz nehmen? Sie können sich an meine Konsole setzen oder an die von Ms. Rautavaara. Kann er doch, Agneta, oder? Das da ist Walter Travis; er ist kein Christ, aber ich schon. Ich bin mein ganzes Leben lang Christ gewesen. Na ja, die meiste Zeit. Bei Ms. Rautavaara bin ich mir nicht sicher. Was meinst du dazu, Agneta?«

»Hör auf mit dem Geschwätz, Elms«, sagte Travis.

Elms sagte: »Er wird uns richten.«

Christus sagte: »Wer meine Worte hört und bewahrt sie nicht, den werde ich nicht richten; denn ich bin nicht gekommen, daß ich die Welt richte, sondern daß ich die Welt selig mache. Wer mich verachtet und nimmt meine Worte nicht auf, der hat schon seinen Richter.«

»Na bitte«, sagte Elms und nickte.

Angsterfüllt sagte Agneta zu der Gestalt: »Sei nicht zu hart mit uns. Wir drei haben ein ziemliches Trauma durchgemacht.« Plötzlich fragte sie sich, ob Travis und Elms sich daran erinnerten, daß sie umgekommen waren, daß ihre Körper zerstört worden waren.

Die Gestalt lächelte, wie um sie zu beruhigen.

»Travis«, sagte Agneta und beugte sich über ihn, während er an seiner Konsole sitzen blieb, »ich will, daß du mir zuhörst. Weder du noch Elms habt den Unfall überlebt, diese Basaltsplitter überlebt. Darum ist er da. Ich bin als einzige nicht – « Sie stockte.

»Umgekommen«, sagte Elms. »Wir sind tot, und er ist gekommen, um uns zu holen.« Zu der Gestalt sagte er: »Ich bin bereit, Herr. Nimm mich zu dir.«

»Nimm sie alle beide«, sagte Travis. »Ich schicke einen

H.I.L.F.E.-Ruf raus. Ich sag denen, was hier vorgeht. Ich melde es, bevor er mich mitnimmt oder es versucht.«

»Du bist tot«, sagte Elms zu ihm.

»Ich kann immer noch eine Funkmeldung durchgeben«, sagte Travis aber sein Gesicht verriet sein Entsetzen und seine Resignation.

Agneta sagte zu der Gestalt: »Laß Travis etwas Zeit. Er begreift die Sache nicht ganz. Aber ich denke, das weißt du; du weißt doch alles.«

Die Gestalt nickte.

Wir und der Untersuchungsausschuß der Erde hörten und sahen diesen Vorgängen in Rautavaaras Hirn zu und erkannten gleichzeitig, was geschehen war. Doch unsere Einschätzungen waren verschieden. Während die sechs Erdmenschen es perniziös fanden, fanden wir es großartig – für Agneta Rautavaara ebenso wie für uns. Mit Hilfe ihres beschädigten Hirns, das von einem fehlgeleiteten Roboter wiederhergestellt worden war, standen wir in Verbindung mit der nächsten Welt und den Mächten, die sie beherrschen.

Die Haltung der Erdmenschen gab uns zu denken.

»Sie halluziniert«, sagte der Sprecher der Erdmenschen. »Sie kann doch gar keine Sinneseindrücke aufnehmen. Ihr Körper ist ja tot. Seht nur, was ihr mit ihr gemacht habt.«

Wir gaben zu bedenken, daß Agneta Rautavaara glücklich sei.

»Was wir jetzt tun müssen«, sagte der menschliche Sprecher, »ist, ihr Gehirn abschalten.«

»Und uns von der nächsten Welt abschneiden?« wandten wir ein. »Das ist doch eine ausgezeichnete Gelegenheit, das Leben nach dem Tode zu beobachten. Agneta Rautavaaras Hirn ist unser Fernglas. Die Sache hat Gewicht. Der Nutzen für die Wissenschaft wiegt schwerer als Humanitäres.«

Das war die Position, die wir in der Untersuchung vertraten. Eine Position der Aufrichtigkeit, nicht des Zweckdenkens.

Die Erdmenschen beschlossen, die Funktion von Rautavaaras Hirn voll aufrechtzuerhalten, mit Video- und Audioübermittlung, welche selbstverständlich aufgezeichnet wurde; unterdessen wurde die Frage einer Verurteilung unseres Vorgehens vertagt.

Ich persönlich war fasziniert von der irdischen Vorstellung des Erlösers. Für uns war es ein altmodisches und überholtes Konzept – nicht weil es anthropomorph war, sondern weil es eine schulmeisterliche Beurteilung der hingeschiedenen Seele mit einschloß. Eine Art Zählwerk kam da ins Spiel, das gute und schlechte Taten registrierte: eine transzendentale Form der Zeugnisse, wie sie im Unterricht und in der Bewertung von Schulkindern zur Anwendung kommen.

Das war für uns eine primitive Auffassung des Erlösers, und während ich zusah und zuhörte – während wir als polyenzephale Wesenheit zusahen und zuhörten –, fragte ich mich, wie Agneta Rautavaara wohl auf einen Erlöser, einen Führer der Seele gemäß unseren Erwartungen reagiert hätte. Ihr Hirn wurde schließlich von unserer Ausrüstung am Funktionieren erhalten, von dem Gerät, das der Roboter ursprünglich zu der Unfallstelle gebracht hatte. Es wäre zu riskant gewesen, es abzuhängen; das Hirn hatte schon zuviel Schaden genommen. Die ganze Apparatur, einschließlich des Hirns, war zum Schauplatz der gerichtlichen Untersuchung gebracht worden, einer neutralen Arche zwischen dem Proxima-Centauri-System und dem Sol-System.

Später, in einer diskreten Unterredung mit meinen

Kameraden, schlug ich vor, unsere eigene Vorstellung vom »Führer der Seele im Leben nach dem Tode« in Rautavaaras künstlich am Funktionieren erhaltenes Hirn einzuschleusen. Meine Begründung: Es wäre interessant zu sehen, wie sie darauf reagieren würde.

Meine Kameraden wiesen mich sogleich auf einen logischen Widerspruch hin. Ich hatte bei der Untersuchung behauptet, daß Rautavaaras Hirn ein Fenster in die nächste Welt sei und daß sein Weiterbestehen daher eine Berechtigung habe – was uns exkulpierte. Nun behauptete ich, daß sie bloß eine Projektion ihrer eigenen geistigen Voraussetzungen erlebe, weiter nichts.

»Beide Aussagen sind richtig«, sagte ich. »Es ist ein echtes Fenster in die nächste Welt und ist gleichzeitig Ausdruck von Rautavaaras eigenen kulturellen, rassenbedingten Neigungen.«

Was wir letztlich vor uns hatten, war ein Modell, in das wir sorgfältig ausgewählte Variablen einsetzen konnten. Wir konnten in Rautavaaras Hirn unsere eigene Auffassung vom »Führer der Seele« einsetzen und so erfahren, wie unsere Version sich in der Praxis von dem puerilen Konzept der Erdmenschen unterschied.

Das war eine neuartige Möglichkeit, unsere eigene Theologie zu testen. Unserer Ansicht nach war die Theologie der Erdmenschen ausreichend getestet und für zu leicht befunden worden.

Wir beschlossen, das Unternehmen durchzuführen, zumal ja die Geräte, die Rautavaaras Hirn am Funktionieren erhielten, von uns überwacht wurden. Für uns war das ein weitaus interessanteres Thema als das Ergebnis der Untersuchung. Verfehlungen ethisch-moralischer Natur sind völlig kulturabhängig; sie vermögen nicht hinauszuwirken über die Grenzen zwischen den Arten.

Die Erdmenschen mochten unsere Absichten vielleicht für maligne halten. Ich bestreite das; *wir* bestreiten das. Sagen wir lieber, es war ein Spiel. Es ging uns um den ästhetischen Genuß, zu sehen, wie Rautavaara mit *unserem* Erlöser, statt ihrem, konfrontiert würde.

Die Gestalt erhob die Arme und sagte zu Travis, Elms und Agneta: »Ich bin die Auferstehung. Wer an mich glaubt, auch wenn er stirbt, wird leben, und wer lebt und an mich glaubt, wird niemals sterben. Glaubt ihr dies?«

»Ich ganz bestimmt«, sagte Elms von Herzen.

Travis sagte: »Das ist Quatsch.«

Agneta Rautavaara dachte bei sich: Ich bin nicht sicher. Ich weiß es einfach nicht.

»Wir sollen entscheiden«, sagte Elms. »Wir müssen entscheiden, ob wir mit ihm gehen wollen. Travis, du bist geliefert; du bist abgeschrieben. Bleib da sitzen, bis du verfaulst – das ist dein Schicksal.« Zu Agneta sagte er: »Ich hoffe, du findest zu Christus, Agneta. Ich möchte, daß du Ewiges Leben erlangst, wie ich es bekomme. Ist es nicht so, Herr?« fragte er die Gestalt.

Die Gestalt nickte.

Agneta sagte: »Travis, ich finde – na ja, ich meine, du solltest da mitmachen. Ich – « Sie wollte nicht darauf herumreiten, daß Travis tot war. Aber er mußte seine Lage begreifen; sonst war er, wie Elms gesagt hatte, verdammt. »Komm mit uns«, sagte sie.

»Du gehst also mit?« sagte Travis verbittert.

»Ja«, sagte sie.

Elms starrte die Gestalt an und sagte mit gedämpfter Stimme: »Mag sein, daß ich mich irre, aber da scheint sich etwas zu verändern.«

Sie sah hin, stellte jedoch keine Veränderung fest. Und doch schien Elms verängstigt.

Die Gestalt in dem weißen Gewand ging langsam auf

den sitzenden Travis zu. Die Gestalt blieb dicht neben Travis stehen, hielt kurz inne, beugte sich dann vornüber und biß Travis ins Gesicht.

Agneta schrie auf. Elms starrte hin, und Travis, an seinen Stuhl gefesselt, warf sich hin und her. Die Gestalt aß ihn ruhig auf.

»Jetzt seht ihr doch ein«, sagte der Sprecher des Untersuchungsausschusses, »daß man dieses Hirn abschalten muß. Ihr Zustand hat sich ernsthaft verschlechtert; dieses Erlebnis ist schrecklich für sie, das muß sofort ein Ende haben.«

Ich sagte: »Nein. Wir vom Proxima-System finden diese Entwicklung höchst interessant.«

»Aber der Erlöser ißt Travis!« rief ein anderer der Erdmenschen aus.

»In Ihrer Religion«, sagte ich, »ist es doch so, daß Sie das Fleisch Ihres Gottes essen und sein Blut trinken? Was sich hier ereignet hat, ist bloß eine Spiegelung jener Eucharistie.«

»Ich befehle, daß ihr Hirn abgeschaltet wird!« sagte der Sprecher des Ausschusses. Sein Gesicht war blaß; Schweiß stand auf seiner Stirn.

»Wir sollten erst noch etwas mehr sehen«, sagte ich. Ich fand das ausgesprochen aufregend, wie hier unser eigenes Sakrament vollzogen wurde, unser höchstes Sakrament, bei welchem der Erlöser uns, seine Gläubigen, verzehrt.

»Agneta«, flüsterte Elms, »hast du das gesehen? Christus hat Travis aufgegessen. Nur seine Handschuhe und seine Stiefel sind noch übrig.«

O Gott, dachte Agneta Rautavaara. Was geht hier vor?

Sie rückte ab von der Gestalt, ging näher zu Elms hinüber. Instinktiv.

»Er ist mein Blut«, sagte die Gestalt und leckte sich die Lippen. »Ich trinke von diesem Blut, dem Blut des ewigen Lebens. Wenn ich es getrunken habe, werde ich ewig leben. Er ist mein Leib. Ich habe keinen eigenen Leib; ich bin nur ein Plasma. Indem ich seinen Leib esse, erlange ich ewiges Leben. Dies ist die neue Wahrheit, die ich jetzt verkünde, daß ich ewig bin.«

»Uns wird er auch noch essen«, sagte Elms.

Ja, dachte Agneta Rautavaara. Das wird er. Sie konnte jetzt sehen, daß die Gestalt eine Approximation war. Das ist eine Lebensform von Proxima, erkannte sie. Er hat recht, er hat keinen eigenen Körper. Die einzige Art, wie er zu einem Körper kommen kann, ist –

»Ich bring ihn um«, sagte Elms. Er riß das Lasergewehr für Notfälle aus seiner Halterung und richtete es auf die Gestalt.

Die Gestalt sagte: »Vater, die Stunde ist da.«

»Bleib mir vom Leibe«, sagte Elms.

»Noch eine kleine Weile, dann werdet ihr mich nicht mehr sehen«, sagte die Gestalt, »es sei denn, ich esse von euerm Leib und trinke von euerm Blut. Verkläre dich, auf daß ich leben kann.« Die Gestalt kam auf Elms zu.

Elms feuerte das Lasergewehr ab. Die Gestalt taumelte und blutete. Das ist das Blut von Travis, erkannte Agneta. In ihm drin. Nicht sein eigenes Blut. Das ist ja schrecklich. Voller Entsetzen schlug sie die Hände vors Gesicht.

»Schnell«, sagte sie zu Elms. »Sag: ›Ich bin unschuldig an dem Blut dieses Mannes.‹ Sag es, bevor es zu spät ist.«

»Ich bin unschuldig an dem Blut dieses Mannes«, sagte Elms.

Die Gestalt fiel um. Sie blutete und lag im Sterben. Es war nicht mehr ein bärtiger Mann. Es war etwas anderes, aber Agneta Rautavaara konnte nicht erkennen, was es war. Es sagte: »*Eli, Eli, lama sabachthani?*«

Noch während Agneta und Elms auf die Gestalt herunterblickten, starb sie.

»Ich hab es umgebracht«, sagte Elms. »Ich habe Christus umgebracht.« Er richtete das Lasergewehr auf sich und fingerte nach dem Abzug.

»Das war nicht Christus«, sagte Agneta. »Das war etwas anderes. Das Gegenteil von Christus.« Sie nahm Elms das Gewehr weg.

Elms weinte.

Die Erdmenschen im Untersuchungsausschuß waren in der Mehrheit und stimmten dafür, daß man jegliche Tätigkeit in Rautavaaras künstlich belebtem Hirn abbrechen sollte. Das war für uns enttäuschend, aber uns standen keine Rechtsmittel zur Verfügung.

Wir hatten den Beginn eines absolut erstaunlichen wissenschaftlichen Experiments gesehen: wie die Theologie einer Rasse auf die einer anderen aufgepfropft wird. Das Abschalten des Hirns dieses Erdmenschen war wissenschaftlich eine Tragödie. So war zum Beispiel, was die grundlegende Beziehung zu Gott betraf, die Auffassung der Erdmenschen der unsrigen diametral entgegengesetzt. Dies muß man selbstverständlich dem Umstand zuschreiben, daß sie eine somatische Rasse sind, wir dagegen Plasma. Sie trinken das Blut ihres Gottes; sie essen sein Fleisch; so werden sie unsterblich. Für sie ist das in keiner Weise skandalös. Sie finden es vollkommen natürlich. Und doch ist es für uns entsetzlich. Gläubige essen und trinken ihren Gott? Grauenvoll für uns; absolut grauenvoll. Ein Greuel, eine Schande – eine einzige Abscheulichkeit. Das Höhere sollte sich immer vom Niedrigeren ernähren; der Gott sollte die Gläubigen verzehren.

Wir sahen zu, wie der Fall Rautavaara abgeschlossen wurde – abgeschlossen, indem man ihr Hirn abschaltete, so daß jede EEG-Tätigkeit aufhörte und auf den Monitoren nichts mehr zu sehen war. Wir empfanden Enttäuschung, und überdies beschlossen die Erdmenschen, uns einen Verweis zu erteilen dafür, wie wir die Rettungsmission überhaupt unternommen hatten.

Es ist erstaunlich, wie groß die Kluft ist zwischen Rassen, die sich in verschiedenen Sonnensystemen entwickelt haben. Wir haben versucht, die Erdmenschen zu verstehen, es ist uns mißlungen. Wir sind uns auch bewußt, daß sie uns nicht verstehen und ihrerseits Abscheu empfinden vor einigen unserer Bräuche. Dies wurde im Fall Rautavaara äußerst deutlich. Aber haben wir denn nicht im Interesse wertfreier wissenschaftlicher Forschung gehandelt? Ich persönlich war überrascht von Rautavaaras Reaktion, als der Erlöser Mr. Travis aß. Ich hätte gerne gesehen, wie dieses heiligste aller Sakramente auch an den anderen, Rautavaara und Elms, vollzogen wurde.

Doch dies hat man uns vorenthalten. Von unserem Standpunkt aus ist das Experiment mißlungen.

Hinzu kommt, daß wir seither geächtet werden mit dem haltlosen Vorwurf ethisch-moralischer Verfehlungen.

Die endgültig allerletzte Geschichte

In einer vom Wasserstoffbomben-Krieg verwüsteten Gesellschaft gehen die geschlechtsreifen jungen Frauen in einen futuristischen Zoo, wo sie mit verschiedenen entstellten und nichtmenschlichen Lebensformen in den Käfigen Geschlechtsverkehr haben. In diesem besonderen Bericht hat eine Frau, die aus den beschädigten Körpern mehrerer Frauen zusammengeflickt ist, dort in einem Käfig Geschlechtsverkehr mit einer Außerirdischen, und vermittels futuristischer Wissenschaftsmethoden wird die Frau dann auch schwanger. Das Junge wird geboren, und die Frau und die Außerirdische im Käfig kämpfen darum, wer es kriegt. Die junge Menschenfrau gewinnt, und prompt frißt sie den Nachkommen mit Zehen, Zähnen, Haut und Haar. Sie ist kaum fertig, da entdeckt sie, daß ihr Nachkomme Gott ist.

NACH UND HINWEISE

Die Daten nach dem Originaltitel bezeichnen den Eingang des
Manuskripts bei PKDs Agenten, Scott Meredith Literary Agency.
In Klammern hinter dem deutschen Titel
der Name des Übersetzers.

ORPHEUS MIT PFERDEFUSS (Thomas Mohr)
Orpheus with Clay Feet. 16. April 1963.
Erschien um 1964 in ›Escapade‹ unter dem Pseudonym Jack Dowland.
Deutsche Erstveröffentlichung.

AUGEN AUF! (Denis Scheck)
The Eyes Have It. 13. Mai 1953.
Erschien in ›Science Fiction Stories‹, No 1, 1953. Der Titel ist ein unübersetzbares Wortspiel: mit »eye«=»Auge« und »aye«=»Jastimme«. »The ayes have it« bedeutet soviel wie »Die Mehrheit ist dafür«. Deutsche Erstveröffentlichung.

ENTDECKER SIND WIR (Frank N. Stein)
Explorers We. 6. Mai 1958.
Erschien in ›Fantasy & Science Fiction‹, Januar 1959.

ERINNERUNGEN EN GROS (Thomas Mohr)
We Can Remember it for You Wholesale. 13. September 1965.
Erschien im April 1966 in ›Fantasy & Science Fiction‹ und wurde für den Nebula Award nominiert. Die Firma »Endsinn AG« heißt im Original »Rekal« (im Gegensatz zu »recall«=»sich entsinnen«). Wer den Film »Total Recall« von Paul Verhoeven mit Arnold Schwarzenegger gesehen hat, wird sich nach Lektüre der Geschichte vielleicht auch fragen, ob die Kombination David Cronenberg (Regie) und Richard Dreyfuss (Douglas Quail) Dick nicht einiges gerechter geworden wäre.

DER AUSGANG FÜHRT HINEIN (Harry Rowohlt)
The Exit Door Leads In. 21. Juni 1979.
Erschien im Herbst 1979 in der ›College Papers‹-Sondernummer von ›Rolling Stone‹; die vorliegende Neuübersetzung von Harry Rowohlt erstmals im ›Raben‹ Nr. 23 im Frühling 1989.

DER TAG, AN DEM HERRN COMPUTER DIE TASSEN AUS DEM SCHRANK FIELEN (Karl A. Klewer)
The Day Mr. Computer Fell out of its Tree.
PKD schrieb die Geschichte im Sommer 1977 für die Psychiatrie-Sozialarbeiterin Joan Simpson; sie erschien erstmals 1987 in *The Little Black Box*, dem fünften und letzten Band der *Collected Stories of Philip K. Dick*. Deutsche Erstveröffentlichung.

Tom Sawyers Kindheitsschwarm ist Becky Thatcher, mit der er sich dann in der Höhle verirrt; nachzulesen in: Mark Twain, »Tom Sawyers Abenteuer«. Neu übersetzt von Gisbert Haefs, neu illustriert von Tatjana Hauptmann. Zürich: Haffmans 1989.

DER FALL RAUTAVAARA (Michel Bodmer)
Rautavaara's Case. 13. Mai 1980.
Erschien im Oktober 1980 in ›Omni‹. Die Jesus-Zitate stammen aus dem Johannes-Evangelium, 11–17.

DIE ENDGÜLTIG ALLERLETZTE GESCHICHTE (Thomas Bodmer)
The Story to End All Stories for Harlan Ellison's Anthology »Dangerous Visions«.
Erschien im Herbst 1968 in ›Niekas‹; deutsch erstmals im Frühling 1989 im ›Raben‹ Nr. 23.

PHILIP K. DICK
IM HAFFMANS VERLAG

SÄMTLICHE ERZÄHLUNGEN IN 10 BÄNDEN
I. Und jenseits - das Wobb
II. Kolonie
III. Zweite Variante
V. Menschlich ist...
V. Das Vater-Ding
VI. Foster, du bist tot
VII. In den Tagen der Perky Pat
VIII. Autofab
IX. Das schwarze Kästchen
X. Der Fall Rautavaara

SCIENCE-FICTION-ROMANE
Zeit aus den Fugen
Die drei Stigmata des Palmer Eldritch
Warten auf letztes Jahr
Dr. Bluthgeld oder Wie wir nach der Bombe zurechtkamen
Marsianischer Zeitsturz
Galaktischer Topf-Heiler

GESELLSCHAFTSROMANE
Die zerborstene Kugel der Thisbe Holt

Weitere Werke in Vorbereitung
Außerdem sind geplant: ein **Philip K. Dick Companion**
mit Aufsätzen von Brian W. Aldiss, John Brunner, Thomas M. Disch, Stanislaw
Lem, Jörg Metes, Norman Spinrad, Lou Stathis, James Tiptree Jr., Paul Williams,
Roger Zelazny, u.a. sowie eine **Philip.-K.-Dick-Biographie.**

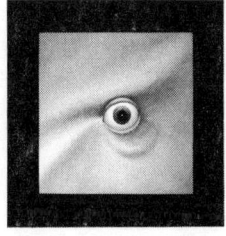

PHILIP K. DICK, geboren am 16.12.1928 in Chicago, veröffentlichte mit 14 seine erste Erzählung, schrieb in der Folge mehr als 60 Romane, darunter die Vorlage zum Kultfilm *Blade Runner*, war fünfmal verheiratet, hatte im Februar/März 1974 mysteriöse Visionen und verbrachte den Rest seines Lebens damit, herauszufinden, ob sie göttlichen oder psychotischen Ursprungs gewesen waren; nach einem Schlaganfall starb er am 2.3.1982 in Santa Ana, California. Philip K. Dick ist der Metaphysiker unter den SF-Autoren; er hat so ziemlich alle philosophischen Grundprobleme von der Erkenntniskritik bis zur politischen Ethik in Handlung gebracht. »Dick hat die Methode erfunden, wie mit den Mitteln des Kitsches das auszudrücken ist, was allen Kitsch transzendiert. Gemessen an Dicks schwarzem Pessimismus erscheint Schopenhauers Weltanschauung als helle Freude am Leben.« *Stanislaw Lem*

Im Haffmans Verlag sind eine zehnbändige Gesamtausgabe seiner Erzählungen und eine Auswahlausgabe seiner SF- und Gesellschafts-Romane in Vorbereitung.